# 四院 沙滩 未名湖

## 60年北大生涯（1948–2008）

乐黛云 著

**图书在版编目（CIP）数据**

四院·沙滩·未名湖／乐黛云著.—北京：北京大学出版社，2008.5
（燕园记忆）
ISBN 978-7-301-13613-3

I.四… II.乐… III.散文-作品集-中国-当代 IV.1267

中国版本图书馆 CIP 数据核字（2008）第 048312 号

书　　名：四院·沙滩·未名湖：60 年北大生涯（1948—2008）
著作责任者：乐黛云 著
责 任 编 辑：高秀芹
封 面 设 计：海云书装
版 式 设 计：北京河上图文设计工作室
标 准 书 号：ISBN 978-7-301-13613-3/G·2332
出 版 发 行：北京大学出版社
地　　址：北京市海淀区成府路 205 号　100871
网　　址：http://www.pup.cn　电子邮箱：pw@pup.pku.edu.cn
电　　话：邮购部 62752015　发行部 62750672
　　　　　编辑部 62750112　出版部 62754962
印　刷　者：北京宏伟双华印刷有限公司
经　销　者：新华书店
开　　本：650mm × 980mm　16 开本　14.75 印张　195 千字
版　　次：2008 年 5 月第 1 版　2010 年 2 月第 2 次印刷
定　　价：32.00 元

# 目录

四院·沙滩·未名湖

60年北大生涯 1948—2008

# 我的选择 我的怀念（代序）

生活的道路有千百种可能，转化为现实的，却只是其中之一。转化的关键就是选择。

1948年，我同时考上了北大和后来迁往台湾的中央大学、中央政治大学，还有提供膳宿的北京师范大学。我选择了北大，只身从偏僻遥远的山城，来到烽烟滚滚的北方。其实，也不全是“只身”，在武汉，北京大学学生自治会委托从武汉大学物理系转入北大历史系的程贤策同志组织我们北上，他是我第一个接触到的，与我过去的山村伙伴全然不同的新人。他对未来充满自信，活泼开朗，出口就是笑话，以至得了“牛皮”的美称。在船上，他一有机会就有意无意地哼起：“解放区的天”，直到我们大家都听熟、学会。

尽管特务横行，北京大学仍是革命者的天下。我们在校园里可以肆无忌惮地高歌:“你是灯塔”,“兄弟们向太阳,向自由”,甚至还演唱“啊,延安……”,北大剧艺社,大地合唱团,舞蹈社,读书会全是革命者的摇篮。我很快就投入了党的地下工作。我和我的领导人(单线联系)常在深夜月光下借一支电筒的微光校对新出版的革命宣传品(我们新生居住的北大四院就在印刷厂所在地五院近邻,工人们常深夜偷印)。那些描写解放区新生活、论述革命知识分子道路的激昂文字常常使我激动得彻夜难眠。记得当时最令我感动的就是那本封面伪装成周作人的《秉烛夜谈》的《大江流日夜,中国人民的血日夜在流》。很多年以后,我才知道这本激励过千百万青年人的名篇的作者原来就是后来的北大党委宣传部长王孝庭同志!那时,我们还绘制过需要在围城炮击中注意保护的文物和外交住宅的方位略图,又到我的老师沈从文先生家里访问,希望他们继续留在北京。值得骄傲的是尽管胡适把全家赴台湾的机票送到好几位教授手中,飞机就停在东单广场,然而北大却没有几个教授跟国民党走!

50年代初期,曾经有过那样辉煌的日子!到处是鲜花、阳光、青春、理想和自信!当解放后第一个五四青年节,我和另一位同学抱着鲜花跑上天安门城楼向检阅全市青年的少奇同志献上的时候,当民主广场燃起熊熊篝火全体学生狂热地欢歌起舞的时候,当年轻的钱正英同志带着治淮前线的风尘向全校同学畅谈治理淮河的理想时,当纺织女工郝建秀第一次来北大讲述她改造纺织程序的雄心壮志时,当彭真市长半夜召见基层学生干部研究北大政治课如何改进,并请我们一起吃夜宵时……我们只看到一片金色的未来。那时,胡启立同志曾是我们共青团的团委书记,我也在团委工作,他的温和、亲切、首先倾听别人意见的工作作风总是使我为自己的轻率暴躁深感愧疚……啊!多么令人怀恋!那纯净清澈、透明的、真正的同志关系!

1952年全体应届毕业生合捐的旗杆

我有幸作为北大学生代表，又代表全北京市学生参加了在布拉格召开的第二届世界学生代表大会。在横贯西伯利亚的火车上，我认识了北大的传奇人物，北大学生自治会主席，反饥饿、反迫害的急先锋，通缉黑名单上的“首犯”柯在铄同志，如今，在全国学生代表团中，他是我们的秘书长。和他在一起，简直像生活在童话世界。黄昏时分，我们到达莫斯科。团长下令，不许单独行动，不得擅自离开我们下榻的国际饭店。然而就在当晚10点，老柯和我就偷偷下楼，溜进了就在附近的红场。我们哪里按捺得住？况且如老柯所说，两个人就不算“单独”，有秘书长还能说“擅自”？我们在红场上迅跑，一口气跑到列宁墓。我们在列宁墓前屏住呼吸，说不出一句话，只感到灵魂的飞升！后来，我们当然挨了批评，但是心甘情愿。会议结束时，我曾被征询是否愿意留在布拉格，参加全国学联驻外办事处工作，当时办事处主任就是后来曾经担任国务委员兼外交部长的吴学谦同志，他说，留下来，将来可以上莫斯科大学。我考虑再三，最后还是选择了随团返回北大。

后来……后来就是一连串痛苦而惶惑的岁月，谁也说不清是怎么回事。记得在北大“文化大革命”最狂热的日子，红卫兵突然宣布大叛徒、大特务程贤策自绝于党和人民，永远开除党籍。批判会一直开到天黑，回家路上，走到大饭厅前那座旗杆下面（现已移往西校门附近），一颗震骇而空虚的心实在无法再拖动沉重的双腿，我陡然瘫坐在旗杆的基石上！是的，这就是那座旗杆，1952年我们全体应届毕业生各捐5角钱，合力献给母校的纪念。当时人们还是如此罗曼谛克！他们要为母校献上这一座旗杆，以便北大从红楼迁到燕园时，新校园的第一面五星红旗将从这座旗杆上高高升起！我们又不愿用父母的钱，而要用每个同学第一次劳动所得的5角钱来完成这一“伟业”。留校的我担任了总征集人。那个夏天，我收到了许许多多5角钱的汇款单。尽管邮局同志老向我不耐

北大红楼

烦地瞪眼，我还是在蒋荫恩总务长的支持下建成了这座旗杆！那时程贤策是文学院党支部书记，我还清楚地记得他曾笑眯眯地警告过我："你这个口袋里有多少钱都数不清的人哪！可要记好账，当心有人告你贪污！"后来我成了极右派，在东斋堂村被监督劳动时，程贤策作为中文系党总支书记曾到当地慰问下放干部，那时，横亘在我们之间的，已是"敌我界限"。白天，他看也没有看我一眼。夜晚，是一个月明之夜，我独自挑着水桶到井台打水，我当时一个人住在一个老贫农家，夜里就和老俩口睡在一个炕上。白天收工带一篮猪草，晚上回家挑满水缸已成了我的生活习惯。我把很长很长的井绳勾上水桶放进很深很深的水井，突然看见程贤策向我走来。他什么也没有讲，只有满脸的同情和忧郁。我沉默着打完两桶水。他看看前方好像是对井绳说："也难得这样的机会，可以这样长期深入地和老百姓在一起。"过一会儿，他又说："党会理解一切！”迎着月光，我看见他湿润的眼睛。我挑起水桶，扭头就走，唯恐他看见我夺眶而出的热泪！我最后一次看见他，就是“文化大革命”中，他自杀的前一天。那个黄昏我去买酱油，看见他买了一瓶很好的烈酒。我在心里默默为他祝福："喝罢，如果酒能令你暂时忘记这不可理解的、屈辱的世界！”后来，人们说他就是这样一手拿着酒，一手拿着敌敌畏，走向香山深处！程贤策就这样在“大特务、大叛徒，自绝于人民”的群众吼声中离开了这个他无法理解的动乱的世界。我当时的心情惟能表现于中文系优秀的学生女诗人林昭平反追悼会上的一副对联。这副对联没有字，上联是一个怵目惊心的问号，下联是一个震撼灵魂的惊叹符！17岁的林昭，她为坚持真理，被划为右派，又不肯“悔改”，在多年监禁后终于因“恶攻罪”而被枪毙！枪毙后，还向她母亲索取了7分钱的子弹费！

1952年，解放后北大中文系的第一个研究生、钟敬文教授最器重的弟子朱家玉因不愿忍受成为“右派”的屈辱，深夜自沉于渤海湾；我的老师、著名诗人、宽厚善良的废名先生双目失明于北国长春，传说因无人送饭而饿死于“文化大革命”……林昭、朱家玉、程贤策、废名……这些时刻萦绕于我心间的美丽之魂！他们都是北大抚育出来的优秀儿女，北大的精英！如果他们能活到今天……

60年就这样过去了。我在北大（包括门头沟劳动基地、北大鲤鱼洲分校）当过猪倌、伙夫、赶驴人、打砖手，最后又回到学术岗位。80年代以来，我曾访问过美国、加拿大、澳大利亚、非洲、南美和欧洲。我确确实实有机会长期留在国外，然而，再一次，我选择了北大！我属于这个地方，这里有我的梦，我的青春，我的师友。在国外，我总是对这一切梦绕魂牵。我必须回到这里，正如自由的鱼儿总要回到赋予它生命的源头。我只能从这里再出发，再向前！

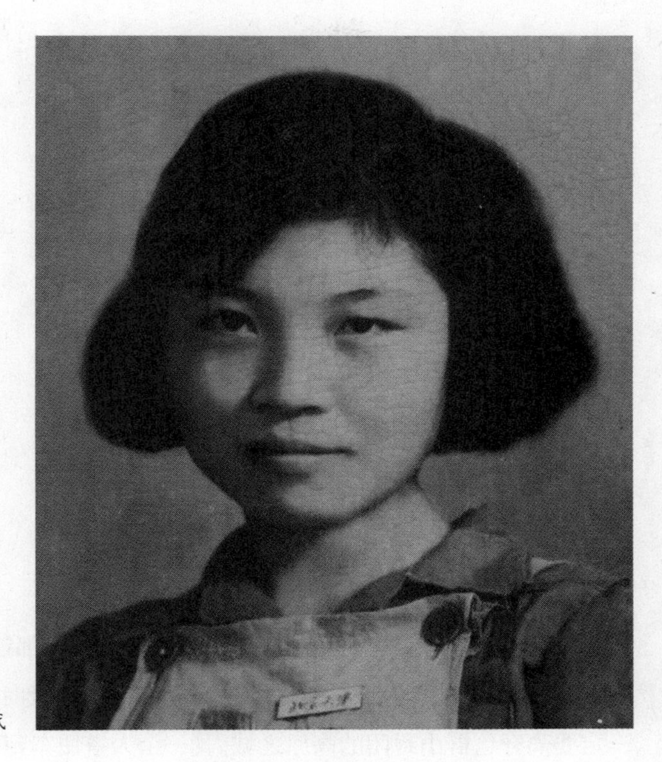

1951年大学时代

1948—2008，60年北大生涯！生者和死者，光荣和卑劣，骄傲和耻辱，欢乐和喜，痛苦和泪，生命和血……60年一个生命的循环，和北大朝夕相处，亲历了北大的沧海桑田，对于那曾经塑造我、育我成人，也塑造培育了千千万万北大儿女的“北大精神”，那宽广的、自由的、生生不息的深层质素，我参透了吗？领悟了吗？我不敢肯定，我唯一敢肯定的是在那生活转折的各个关头，纵然再活千遍万遍，我的选择还是只有一个——北大。

# 初进北大

1948年，我在贵阳的许多朋友，抗战胜利后，都纷纷回到“下江”。有的在北京，有的在南京，有的在上海。高中三年级时，我已下定决心，一定要离开这群山封闭的高原之城。我一个人搭便车到重庆参加了高考。这是一辆运货的大卡车，我坐在许多大木箱之间颠簸，穿行在云雾和峭壁之间。久已闻名的什么七十二拐、吊尸岩等名目吓得我一路心惊胆战！好不容易来到了重庆沙坪坝原中央大学旧址，西南地区的考场就设在这里。大学生们早已放假回家。我们白天顶着三十八九度的高温考试，晚上躺在空荡荡的宿舍里喂早已饿扁了的臭虫。那时是各大学分别招生，我用了十天参加了三所大学的入学考试。

回贵阳后，得知我的中学已决定保送我免试进入北京师范大学，不久，北京大学、中央大学、中央政治大学的录取通知书也陆续寄到。我当然是欢天喜地，家里却掀起了一场风波！父亲坚决反对我北上，理由是北京眼看就要被共产党围城，兵荒马乱，一个17岁的女孩子出去乱

抗战胜利后，我的一个表哥从西南联大回来，带来了他的一帮同学，前排右二为乐黛云，1948年。

闯，无异于跳进火坑！他坚持我必须呆在家里，要上学就上家门口的贵州大学。经过多次争吵、恳求，直到以死相威胁，父亲终于同意我离开山城，但只能到南京去上中央大学。他认为共产党顶多能占领长江以北，中国的局面最多就是南北分治，在南京，离家近，可以召之即回。我的意愿却是立即奔赴北京，去革命！母亲支持了我，我想这一方面是由于她的倔强的个性使她愿意支持我出去独闯天下，另一方面，她也希望我能在北方找回她失踪多年的姐姐。我们对父亲只说是去南京，母亲却另给了我十个银元，默许我到武汉后改道北上。

我当时只是一心一意要北上参加革命。其实，我并不知革命为何物，我只是痛恨那些官府衙门。记得我还是一个初中生时，父亲就让我每年去官府替他交房捐地税。因为他自己最怕做这件事。我当时什么都不懂，常常迷失在那些数不清的办公桌和根本弄不懂的复杂程序中，被那些高高在上的官儿们呼来喝去，以至失魂落魄。父亲还常安慰我，说就像去动物园，狮子老虎对你乱吼，你总不能也报之以乱吼罢！对于每年必行的这种“逛动物园”，我真是又怕又恨，从小对政府官僚深恶痛绝。加之，抗战胜利后，我的一个表哥从西南联大回来，带来了他的一帮同学，他们对我们一群中学生非常有吸引力。我们听他们讲闻一多如何痛斥国民党，如何被暗杀，哀悼的场面是如何悲壮，学生运动如何红火。我们听得目瞪口呆，只觉得自己过去原来不是个白痴也是个傻瓜！简直是白活了。其实，现在想来，他们也难免有夸张之处，但当时我们却什么都深信不疑，并坚定地认为，国民党统治暗无天日，不打垮国民党，是无天理；而投奔共产党闹革命，则是多么正义，多么英勇！又浪漫，又新奇，又神秘。

当时贵阳尚无铁路，必须到柳州才能坐上火车。我一个人，提了一只小皮箱上路，第一天就住在“世界第一大厕所”金城江。抗战时期由于经过这里逃难的人太多，又根本没有厕所，只好人人随地大小便，金城江到处臭气熏天。战后两年，情况也并无好转。我找了一家便宜旅馆，最深的印象是斑斑点点，又脏又黑的蚊帐和发臭的枕头以及左隔壁男人们赌钱的呼吆喝六和右隔壁男人们震耳欲聋的鼾声。我心里倒也坦然，好像也没有想到害怕，只是一心梦想着我所向往的光明。

我终于来到武汉，找到北京大学北上学生接待站。领队是武汉大学物理系一年级学生程贤策，他也是为了革命，自愿转到北大历史系一年级，再作新生。我们从武汉坐江船到上海，转乘海船到天津。一路上，领队教我们大唱解放区歌曲。当然不是大家一起学，而是通过个别传授的方式。也许由于我学歌比较快，他总是喜欢先教我，我们再分别去教别人。三天内，他会唱的几首歌，大家也都会唱了。最爱唱的当然是“解放区的天是明朗的天，解放区的人民好喜欢，民主政府爱人民，共产党的恩情说不完”，还有“山那边呀好地方，穷人富人都一样……年年不会闹饥荒”，以及“你是灯塔，照亮着黎明前的海洋……”等等。当北大学生打着大旗，到前门车站来接我们时，我们竟在大卡车上，高唱起这些在内地绝对违禁的歌曲来！我激动极了，眼看着古老的城楼，红墙碧瓦，唱着在内地有可能导致被抓去杀头的禁歌，真觉得是来到了一个在梦中见过多次的自由的城！站在我身边的领队也激动得热泪盈眶，他雄厚而高亢的歌声飘散在古城的上空。

# 四院生活

热情的老同学把我们迎到北大四院。当时，北大文法学院一年级学生都集中在国会街北大四院学习和生活，一年后才迁入沙滩校本部。四院原是北洋军阀曹锟的官邸，这里紧靠宣武门城墙根，范围极大，有很多树木花草，能容纳数百人学习和生活，四院大礼堂就是当年曹锟贿选的地方。

虽然，我的大学生活，精确说来，只有五个月，但这却是我一生中少有的一段美好时光。我投考所有大学，报的都是英文系，可是，鬼使神差，北京大学却把我录取在中文系。据说是因为沈从文先生颇喜欢我那篇入学考试的作文。谁知道这一好意竟给我带来了二十年噩运，此是后话。

全国最高学府浓厚的学术气氛，老师们博学高雅的非凡气度深深地吸引着我。我们大学一年级课程有：沈从文先生的大一国文（兼写作）；废名先生的现代作品分析；唐兰先生的说文解字；齐良骥先生的西洋哲

大学一年级在北大图书馆门前，1948年。

学概论；还有一门化学实验和大一英文。大学的教学和中学完全不同，我真是非常喜欢听这些课，我总是十分认真地读参考书和完成作业，特别喜欢步行半小时，到沙滩总校大实验室去作化学实验。可惜1949年1月以后，学校就再也不曾像这样正式上课了。现在回想起来，说不定正是这五个月时光注定了我一辈子喜欢学校生活，热爱现代文学，崇尚学术生涯。

当时，我们白天正规上课，晚上参加各种革命活动。我参加了一个学生自己组织的，以读艾思奇的《大众哲学》为中心的读书会。我的最基本的马克思主义观念就是在这里获得的。当时，我认为矛盾斗争、普遍联系、质量互变、否定之否定、经济基础决定上层建筑等都是绝对真理，并很以自己会用这些莫测高深的词句来发言而傲视他人。读书会每周聚会两次，大家都非常严肃认真地进行准备和讨论。我还参加了一周一次的俄语夜校，由一个不知道是哪儿来的白俄授课。后来，在那些只能学俄语、不能学英语的日子，当大家都被俄语的复杂语法和奇怪发音弄得焦头烂额时，我却独能轻而易举地考高分，就是此时打下了基础。

胡适校长穿着一件黑色的大棉长袍，站在台阶上接见了我们。他很和气，面带忧伤。

我喜欢念书，但更惦记着革命。1948年秋天，正值学生运动低谷，“反饥饿，反迫害”的高潮已经过去，国民党正在搜捕革命学生，一些领导学生运动的头面人物正在向解放区撤退，学生运动群龙无首，1949年1月以前，我们都还能安安静静地念书，只搞过一次“争温饱，要活命”的小规模请愿。我跟着大家，打着小旗，从四院步行到沙滩校本部去向胡适校长请愿。那时，校本部设在一个被称为“孑民堂”的四合院中。我们秩序很好地在院里排好队，胡适校长穿着一件黑色的大棉长袍，站在台阶上接见了我们。他很和气，面带忧伤。我已忘记他讲了什么，只记得他无可奈何的神情。这次请愿的结果是：凡没有公费的学生都有了公费，凡申请冬衣的人都得到了一件黑色棉大衣。这件棉大衣我一直穿到大学毕业。

1月解放军围城，我们开始十分忙碌起来。随着物价高涨，学生自治会办起了“面粉银行”，我们都将手中不多的钱买成面粉存在银行里以防长期围城，没有饭吃。记得我当时早已身无分文，母亲非常担心。也不知道她通过什么门路，在贵阳找到一个在北京开有分店的肉店老板。母亲在贵阳付给这位老板六十斤猪肉的钱，他的分店就付给我值同样多斤猪肉的钱。这可真救了我的急，使得在“面粉银行”中，也有一袋属于我的面粉。我们又组织起来巡逻护校，分头去劝说老师们相信共产党，不要去台湾。我的劝说对象就是沈从文先生。我和一位男同学去到他家，我最突出的印象就是他的妻子非常美丽，家庭气氛柔和而温馨。他平静而不置可否地倾听了我们的劝说，我当时的确是满腔热情，对未来充满信心，但对于已有了30年代经验的他来说，大概一定会觉得幼稚而空洞罢。后来，胡适派来的飞机就停在东单广场上，他和许多名教授一样，留了下来。也许是出于对这一片土地的热爱，也许是出于对他那宁静的小家的眷恋，也许是和大家一样，对共产党和未来估计得过于乐观，总之，他留了下来，历尽苦难。

这时，我又参加了北大剧艺社和民舞社，全身心地投入了我从未接触过的革命文艺。我一夜一夜不睡觉，通宵达旦地看《静静的顿河》、《钢铁是怎样炼成的》、高尔基的《母亲》，还有马雅可夫斯基的诗。我们剧艺社排演了苏联独幕剧《第四十一》。我担任的职务是后台提词。剧本写的是一位红军女战士在革命与爱情之间痛苦挣扎，最后不得不亲手开枪打死她心爱的蓝眼睛——白军军官，每次排练至此，我都会被感动得热泪盈眶。

民舞社每周两次，由总校派来一位老同学教我们学跳新疆舞。记得我最喜欢的舞蹈是一曲两人对舞，伴唱的新疆民歌也非常好听。歌词大意大概是这样：

男：“温柔美丽的姑娘，我的都是你的，你不答应我的要求，我将每天哭泣。”

女："你的话儿甜似蜜，恐怕未必是真的，你说你每天要哭泣，眼泪一定是假的。"

男："你是那黄色的赛布德（一种花）低头轻轻地摘下你，把你往我头上戴，看你飞到哪里去！"

女："赛布德花儿是黄的，怕你不敢去摘它，黄色的花儿头上戴，手上的鲜血用啥擦？"

男："头上的天空是蓝的，喀什喀尔河水是清的，你不答应我要求，我向那喀什喀尔跳下去！"

女："你的话儿真勇敢，只怕未必是真的，你向那喀什喀尔跳下去，我便决心答应你！"

这些美丽的歌舞与隐约可闻的围城的隆隆炮声和周围紧张的战斗气氛是多么不协调啊！但它们在我心中却非常自然地融为一体。我白天如痴如醉地唱歌跳舞，晚上就到楼顶去站岗护校或校对革命宣传品。那时北大的印刷厂就在四院近邻，深夜，革命工人加班印秘密文件和传单，我们就负责校对，有时在印刷厂，有时在月光下。我印象最深的是校对一本小册子，封面用周作人的《秉烛夜谈》作伪装掩护，扉页上醒目地写着："大江流日夜，中国人民的血日夜在流！"这是一个被国民党通缉的北大学生到解放区后的所见所闻。称得上文情并茂，感人至深。

1949年1月29日，中国人民解放军辉煌地进入北京城，我的生活也翻开了全新的一页。

"新社会"给我的第一个印象就是延安文工团带来的革命文艺。谈情说爱的新疆歌舞顿时销声匿迹，代之而起的是响彻云霄的西北秧歌锣鼓和震耳欲聋的雄壮腰鼓。文工团派人到我们学校来辅导，并组织了小

1949年1月29日中国人民解放军辉煌地进入北京城，我的生活也翻开了全新的一页。

分队。我们大体学会之后，就到大街上去演出。有时腰上系一块红绸扭秧歌，有时背着系红绳的腰鼓，把鼓点敲得震天响。市民们有的报以微笑和掌声，有的则透着敌意和冷漠。我们却个个得意非凡，都自以为是宣告旧社会灭亡，新社会来临的天使和英雄。

延安文工团来四院演出《白毛女》的那天，曾经是军阀曹锟贿选的园柱礼堂（当时称为“园楼”）里外三层，挤得水泄不通。我们真是从心眼儿里相信“旧社会把人变成鬼，新社会把鬼变成人”。善良的农民用自己的劳动血汗养活了全人类，却被压在社会最底层！如今，他们“翻身作了主人”！还有什么能比这更伟大，更神圣呢？

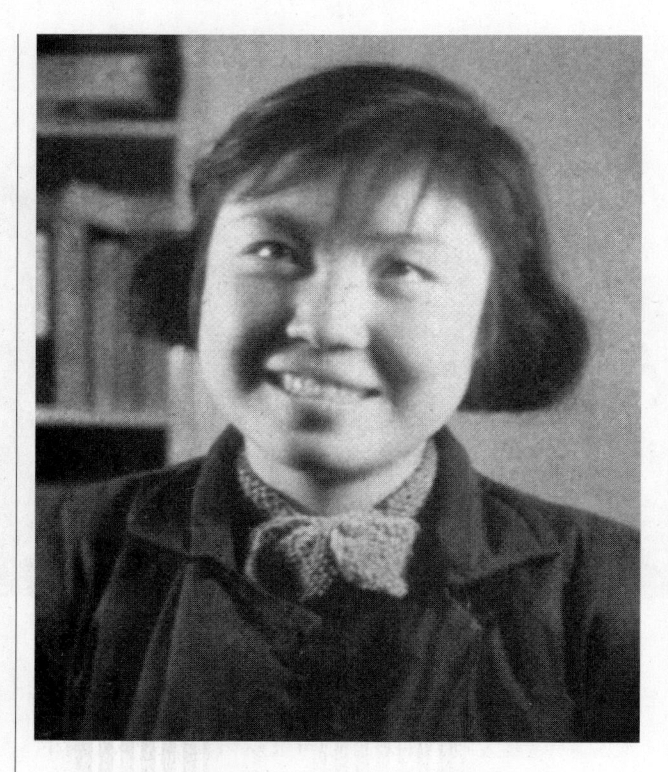

加入中国共产党后的乐黛云，1949年。

就在这几乎是“万众一心”的时候，四院却发生了一件不能不载入校史的大事。这就是“护校运动”。共产党进城后，需要很多地方来安置各种机构，因此决定要北大让出四院，学生全部并入总校校址。这引起了一小部分学生的坚决反对。他们认为四院是北大校产，不能随便放弃，政府不能任意征用学校的财产和土地。他们四处呼吁，又贴墙报，又开辩论会，还威胁说要组织游行，眼看就要酿成一个“事件”！共产党决定“加强领导”，通过自己的地下组织予以坚决回击。总之是说他们挑衅闹事，有意制造事端，反对新政权；又把他们平常生活中的各种“不检点”，用墙报贴了出来。这些人一下子就“臭”了。于是我们大获全胜，浩浩荡荡迁入了总校所在地——沙滩。四院则成了新华社的大本营，一直到今天。

# 我在北大中文系——1948

1948年夏天，我从遥远的山城来到全国最高学府北京大学，又来到北京大学顶尖的系——中文系，心里真是美滋滋的。当时全国正处于解放战争的高潮，然而相对于1947年轰轰烈烈的北京学生运动来说，却是一个相对平稳的时期。震撼全国的“反迫害、反饥饿”运动刚刚过去，许多黑名单上有名的学生领袖都已“潜入”解放区；新的“迎接解放”的大运动又还尚未启动，因此9月初入学的新同学都有一段轻松的时间去领略这历史悠久、传统绵长的学府风光。

我深感这里学术气氛十分浓厚，老师们都是博学高雅，气度非凡。我们大学一年级的课程有：沈从文先生的大一国文（兼写作）；废名先生的现代文学作品分析；唐兰先生的说文解字；齐良骥先生的西洋哲学概论；还有一门化学实验和大一英文。大学的教学和中学完全不同，我觉

1982年5月沈从文重回故乡后摄于凤凰城

得自己真是沉没于一个从未经历过的全新的知识天地。

我最喜欢的课是沈从文先生的大一国文和废名先生的现代文学作品分析。沈先生用作范本的都是他自己喜欢的散文和短篇小说，从来不用别人选定的大一国文教材。他要求我们每两周就要交一篇作文，长短不拘，题目则有时是一朵小花，有时是一阵微雨，有时是一片浮云。我们这个班大约27人，沈先生从来都是亲自一字一句地改我们的文章，从来没有听说他有什么代笔的助教、秘书之类。那时，最让人盼望的是两三周一次的发作文课，我们大家都是以十分激动的心情等待着这一个小时的来临。在这一小时里，先生总是拈出几段他认为写得不错的文章，念给我们听，并给我们分析为什么说这几段文章写得好。得到先生的夸奖，真像过节一样，好多天都难以忘怀。

废名先生讲课的风格全然不同，他不大在意我们是在听还是不在听，也不管我们听得懂听不懂。他常常兀自沉浸在自己的遐想中。上他的课，我总喜欢坐在第一排，盯着他那“古奇”的面容，想起他的“邮筒”诗，想起他的“有身外之海”，还常常想起周作人说的他像一支“螳螂”，于是，自己也失落在遐想之中。现在回想起来，这种类型的讲课和听课确实少有，它超乎于知识的授受，也超乎于一般人说的道德的“熏陶”，而是一种说不清，道不明的“感应”和“共鸣”。1949年后，这样的课当然难于存在，听废名先生的课的人越来越少，他曾讲得十分精彩的“李义山诗的妇女观”终于因为只有三个学生选修而被迫停开了。

唐兰先生的《说文解字》课最难懂，这不仅是因为他讲课的内容对我来说全然陌生，而且是因为他的地道的无锡方言对我这个来自“黔之驴”之乡的山里人来说实在是太难于跟踪了。上他的课，我总是坐在最后一排，不是打瞌睡，就是看别的书，前面总有几个高大的男生把我挡得严严实实。我满以为矮胖的唐兰先生不会发现，其实不然。两年后，我们一起去江西参加土地改革，偶然一起走在田间小路上，我寒暄说：“唐先生，你记得我吗？我选过你的‘说文解字’课。”在那阶级斗争烽烟遍野的氛围里，“说文解字”！显得多么遥远，多么不合时宜啊！唐先生笑笑说：“你不就是那个在最后一排打瞌睡的小家伙吗？”我们两人相对一笑，从相互的眼睛里，看到那一段恍若隔世的往事！没有想到过了几天，忽然来了一纸命令，急调唐兰先生立刻返回北京，接受审查。那时，城市里反贪污、“打老虎”的运动正是如火如荼，有消息传来，说唐先生倒卖文物字画，是北大数得上的特大“老虎”！后来，土地改革胜利结束，我们作完总结，“打道回府”，听说唐兰先生还在接受审查，问题很严重。过不久，又听说唐兰先生其实没有什么问题，无非是“事出有因，查无实据”。又过了一些时候，听说唐兰先生已经离开了人世。

如今，很多年已经过去，继唐兰先生之后，废名先生也在“文化大革命”中凄凉故去，倒是沈从文先生活到了好时候，然而，不幸的是1949年以后，先生截然弃绝了教室和文坛，我是不是他的最后一届学生也已无从考察了。

# 快乐的沙滩

我们1948级，原有27名学生。还在四院时，就有很多同学在参观解放军某部后参加了解放军，“护校运动”后，又有一些人参加了“南下工作团”。迁入沙滩总校时，我们班实际只剩了5名同学。好在学校“面目一新”，课程完全不同了。中国革命史和政治经济学都是一两百人的大班上课，俄语和文学理论课则将中文系的三十几个同学编成了一个班。过去的课程都没有了，听说废名先生在被通知停开他最得意的“李义山诗的妇女观”一课时，还流了眼泪。新派来的系主任杨晦先生是著名的左派文艺理论家，但我们对他一无所知，只知道他的妻子比他年轻二十岁，是西北某大学的校花。他讲的文学理论，我们都听不懂，晚上，他还将我们组织起来学习《共产党宣言》，一周三次，风雨无阻。

我俄语学得不错，政治课发言又总是热血澎拜，满怀“青春激情”，于是很快当上了政治课小组长。记得一个难忘的夜晚，已是十一点多钟，

北大沙滩校区

我突然被叫醒，由一个不认识的男生带到红楼门口，一辆闪亮的小轿车正停在那里。我们四个人钻进车厢，车就飞驰而去。我们被带进一个陈设豪华的小客厅。我从未坐过小轿车，更从未见过这样的堂皇富丽，又不知道为什么来到这里，心里真是又好奇，又慌乱，又兴奋！等了一会，又高又大的彭真市长踱了进来。原来是市长同志亲自过问政治课教学情况，让我们最基层的小组长直接来汇报。我对彭真市长的印象很好，觉得他亲切，坦直，真诚。他大概对我的印象也不错，我大学毕业时，曾有消息说要调我去作彭真的秘书，并把档案也调走了，但不知什么原因没有去成，档案也从此遗失。如果去成了，我就会完全变成另一个人，我可能不会当二十年右派，也可能在“文化大革命”中成为彭真的“黑爪牙”而遭受更大的不幸。

然而谁又能预知未来？反正1948年至1950年，我的生活算得上称心如意。我开始给北京《解放报》和《人民日报》写稿，无非是报道一些学校生活，新鲜时尚；有时也写一点书评，多半是评论一些我正在大量阅读的苏联小说。记得有一篇评的是长篇小说《库页岛的早晨》，标题是："生活应该燃烧起火焰，而不只是冒烟！"这倒是说明了我在很长一段时间里所持的人生观。也就是说，与其凑凑合合地活着，不如轰轰烈烈干一场就去死。

1950年暑假，发生了一件我完全意想不到的事。有一天，我突然被通知立即到王府井大街拐角处的中国青年联合会报到，只带几件换洗衣服和洗漱用具。和我一起报到的，有来自全国各地的二十余名学生（也有几个并非学生）。我们就这样仓促组成了参加第二届世界学生代表大会的中国学生代表团！团长是青年团中央的一位大官，秘书长却是我们大家都很崇敬的地下学生运动领导人柯在铄，他曾被国民党全国通缉，却传奇式地逃到了解放区，他后来也当了大官，80年代成了香港法起草委员会的重要成员。我当时是作为北京市学生代表出席，代表团人才倒也齐全，有来自音乐，美术，戏剧等专业院校的学生，也有来自工厂和部队的代表，还有内蒙和西藏的学生干部。其中也出了一些名人，如大音乐家吴祖强，著名的西藏地方官宦爵才郎；十六岁的新疆小姑娘法吉玛，她后来成了新疆电影制片厂的名演员，后来又在"文化大革命"中莫名其妙地死于非命。

我们从满洲里初出国门，将近十来天，火车一直穿行在莽莽苍苍的西伯利亚原始森林之中。贝加尔湖无边无际地延伸开去，我教大家唱我最爱唱的流放者之歌："贝加尔湖是我们的母亲，她温暖着流浪汉的心，为争取自由挨苦难，我流浪在贝加尔湖滨。"又唱高尔基作词的囚徒之歌："太阳出来又落山，监狱永远是黑暗，监守的狱卒不分昼和夜，站在我的窗前！高兴监视你就监视，我决逃不出牢监，我虽然生来喜欢自由，

1950年在莫斯科列宁博物馆

斩不断千斤铁练。”我心里活跃着从小说中看来的各种各样为自由在西伯利亚耗尽年华的不幸的人们——十二月党人和他们的妻子，陀思妥耶夫斯基和托尔斯泰笔下的被流放的人群。我满心欢喜，深深庆幸那些苦难的日子已经成为过去，仿佛辉煌灿烂的世界就在眼前，真想展开双臂去拥抱自由美好的明天！至于斯大林屠刀下的新鬼和不计其数的新的被流放的政治犯，我当时确实是一无所知。

作为社会主义大家庭的新的一员，我们中国学生代表团在沿路车站都受到了极其热烈的欢迎。到处是红旗飘扬，鲜花环绕。人们欢呼着，高唱国际歌，双方都感动得热泪盈眶！我们先在莫斯科、列宁格勒、基辅等地参观，然后去布拉格开会。记得刚到莫斯科的那个晚上，尽管团长三令五申，必须集体行动，我和柯在铄还是忍不住在夜里10点，偷偷来到红场列宁墓，一抒我们的类似朝圣的崇拜之情。俄罗斯的艺术文化给我留下了极其深刻的印象，特别是那些非常美丽的教堂的圆顶，但我们却不被准许走近教堂，只能远远地欣赏。我们也去过图书馆、画廊、

从布拉格回国后，乐黛云在北大对10000名学生演讲，1950年。

工厂、集体农庄，“苏联的今天就是我们的明天”，我对此深信不疑。

虽说我们到布拉格是为了参加世界学生代表大会，但我对大会似乎一无所知。只记得大会发言千篇一律，也不需要我们讲话。我乐于坐在座位上东张西望，观察我周围的一切；再就是拼命高呼“Viva！Stalin！”(斯大林万岁)高唱会歌，不断地吃夹肉面包喝咖啡。当时苏联老大哥的地位至高无上，记得我们经常要听他们的指示。我因懂一点俄语，有时就被邀请参加这种中午或深夜的小会。老大哥们都非常严肃，常是昂首挺胸，板着脸。我对此倒也没有什么抵触，似乎他们就应该是那副样子，我们对他们的敬重也是理所当然。

在国外的一个月很快就过去了。回国前两天，我突然被秘书长召见。他问我是否愿意留在全国学联驻外办事处工作，待遇相当优厚，还有机会到莫斯科大学留学。我对此一口回绝，自己也说不清是什么原因。我虽然积极参加各种革命工作，但内心深处却总是对政治怀着一种恐惧和疏离之情。这种内心深处的东西，平常我自己也不察觉，但在关键时刻却常常决定着我的命运。

回到北京，欢迎的场面十分热烈。在民主广场上召开了传达“世界学生第二次代表大会”的大会，除北大全校学生参加外，还有各大学和中学的学生代表，可谓盛况空前！时值新中国刚刚成立，极大地震撼了世界，新中国学生如此大规模参加世界学生组织的活动，这也还是第一次！为了重现当时的盛况和激情，也反映彼时大学生普遍的心态，我把我当时为报刊写的一篇报道原封不动地附录在这里。这篇报道收录于《世界民主学生大团结》一书，1951 年 2 月由青年出版社出版。

附录

# 不能忘怀的友情

我们中国学生代表团在今年八月参加了世界学生第二次代表大会，现在已回到了亲爱的祖国。在国外六十八天中，国际青年朋友们对我们深厚的国际主义的友情，使我们每一个人永远不能忘怀。

## 最隆重的礼节

大会开完后，我们访问了捷克的主要城市，还在莫斯科和列宁格勒参观了十九天，篮球队还到过罗马尼亚。每到一个地方，总是有热烈的问候、拥抱和无数鲜花在等待我们。篮球队到罗马尼亚库鲁茨城时，从火车站到停汽车处特别铺了几十米长的红地毯让我们从上面走过去，这是最尊敬最隆重的礼节。在捷克巴杜比齐城，欢迎的行列排成了长长的仪仗队：先是一辆无顶警车开路，三个警察站在车上拿着让路牌（按交通规则，是见此牌立即让路），后面是三辆摩托车，车上站着三个壮健的女青年盟员，高擎苏、中、捷三国国旗，然后是两辆专程来欢迎我们的轿车，载着市工会主席、市党委、市盟委书记和我们代表团的领队，后面是我们乘坐的最新式大汽车，最后是一大群欢笑着的捷克青年。就是这样一直把我们送到工厂，举行了欢迎会。那里特地搭了可容纳几十人的临时主席台，当中高悬毛主席大像，上面一边是捷克共产党党徽，一边是写着“八一”两字的大红星（当时我国国徽尚未公布）。工作群众都停工集合欢迎我们。

乐黛云（中）在布拉格世界学生代表大会上，1950年。

## 狂热的欢迎

在捷克奥特拉瓦城，自从下了飞机，我们就没有走过一步，一直是被捷克青年朋友们扛在肩上，从飞机到汽车，从汽车到旅馆，走到哪里，哪里就是一大群人，我们三人乘一辆小汽车，先游行一周才到旅馆。游城时，一辆宣传车在前面大声广播着："中国代表来了，快来欢迎！"于是市民们从窗口探出头来；商店里的人都挤在路边，向我们招手，点头微笑。

到捷克第三大城布鲁诺时，正值庆祝工业与社会主义建设成就大联欢的前夕，千千万万人从各地来此看放烟火。我们的汽车刚开进广场，就立刻被包围。我们根本无法下车。过去的经验告诉我们：一下车就有写不完的签名册，说不完的"你好"，然后被举起来，被拥抱得透不过气，然后就是迷失了方向，也不知道自己被抬到了什么地方，要费很大功夫才能归队；因此我们全留在车上。但群众坚持要求我们对大家讲话。他们找来了扩音机，我们就在汽车上兴奋地向他们捷克人民表示热烈的敬意，为他们唱新中国歌曲。直到放完了烟火，群众逐渐散去，我们才下车；但仍是要几个人紧紧地拉在一起，深恐又被群众"个别包围"。

我们在布拉格看足球赛因特殊事故去迟了，球赛一直等我们到场才开始，我们刚进去，扩音器就高呼着"中国代表们来了！"于是四周爆发了暴风雨般的鼓掌，全场起立，"毛泽东万岁！"的欢呼震天动地。

我们的排球队在捷克西部一个城市中比赛后，到一个百货商店去买纪念品，店里的扩音器就广播："同志们，中国代表到了我们的商店，我们欢迎！"问我们要买什么，招待我们的人就一定要送什么，我们只好什么也不买。在捷克的二十二天，我们一直浸沉在这样紧张热烈的情绪中。

## 中苏两国人民的深厚友谊

我们还荣幸地在伟大的世界和平民主堡垒苏联的首都莫斯科和英雄城列宁格勒参观了十九天。我们深刻地体会出苏联人民对中国人民深挚、热诚、兄弟般的友情，对我们全心全意的体贴与关心。我们一进苏联国境，就有苏联青年反法西斯委员会专派的同志在等着我们。从与中国接境的奥德堡把我们一直护到与捷克接境的却普，我们开完大会返国时，又从却普把我们一直护送到莫斯科，从莫斯科护送回奥德堡。各大市的车站上都有热烈的欢迎。记得我们的火车到乌克兰首都基辅时，已是深夜，下着雨，欢迎的人还是那么拥挤，他们纷纷把身上带着的一切纪念品送给我们，包括徽章、钢笔、胸针、肩章、卢布……，我们和那些被淋得湿透的苏联同志们紧紧拥抱着，深深地为他们的深情所感动。

一到莫斯科，苏联列宁共产主义青年团中央书记米哈依洛夫同志，就亲自在团中央礼堂接待我们，对我们说："以前我们到中国去，现在你们到这里来，我们就像一家人一样，好得很，希望你们就像在家里一样！"他一次又一次地问我们要看什么、要听什么、缺少什么，又问起他在中国时认得的同志，又问我们之间有生病的没有。在莫斯科，我们住在列宁同志曾经住过的国家大旅馆和莫斯科最大的莫斯科大旅馆，吃着极考究的饭菜。我们被招待参观最好的工厂、农庄，最有名的学校、幼稚园和名胜古迹，每天晚上请我们去观剧、看电影。我们更十分荣幸地晋谒列宁墓，参观了斯大林同志工作所在的克里姆林宫。有一次我们参观了一个肉类联合工厂，我们走过工作间，工人们都鼓掌欢迎，又特别在休息室"红角"开了群众欢迎会，一个女工致欢迎词，她说："我们都知道你们伟大的领袖，我们向我们所敬爱的毛泽东致敬！我们知道你们都是英勇的、为和平斗争的青年，我们向你们致敬！我们深信你们会把你们的国家建设得伟大富强！我们将永远一起为和平而斗争！"她简短有力的字句鼓舞了每一个人。最后她们殷勤地请我们吃自己工厂出品的各种各样的香肠。

临走前夕，苏联青年团和苏联青年反法西斯委员会特为我们开了欢送宴会，苏联青年团中央书记之一兼苏联青年反法西斯委员会主席古却马索夫同志重复地问我们是否要看的都已经看到了。他请我们代他们转致苏联青年对中国青年最热烈的敬礼，转致苏联青年对中国人民最热烈的祝贺。欢送会充满了亲切、真挚、最诚恳的信任和关怀。

## 不能忘怀的一夜

离开莫斯科的晚上，苏联青年反法西斯委员会副主席裴斯良克同志和东方学院院长，亲自到车站欢送我们，还有许多苏联青年和少先队员。他们除了送我们一束束的鲜花外，还特别送了种着花的小花盆，为的是使我们在漫长的西伯利亚旅途中，桌上仍能摆着莫斯科的鲜花。朝鲜代表和越南代表都来了，他们不断向我们招手。天下着大雨，他们在雨中一直站了半小时，喉咙唱哑了，天气变得非常冷。他们都穿了不多的衣服却站着不肯回去，我们一起喊："多士维丹尼亚！当摩依！（再见，回家吧！）"一连喊了十多遍，他们仍坚持不走。最后，我们只好钻进车厢，关上门，表示请他们回去的决心；他们才慢慢散去，还频频在玻璃窗外向我们招手……这是珍贵的友情——这是使我们永不能忘怀的友情！这样珍贵的友情使我们结成无敌的同盟！

## 回国感想

我们在国外受尽了优待、尊敬和荣耀，这是毛主席的荣耀！这是全中国人民和全中国学生的荣耀！我们回到北京，站在宽阔的人民广场上，仰视雄伟的天安门和天安门上面悬挂着的，我们在国外时制定的金光闪闪的新国徽，仰视宏大的毛主席像，我们想着："是你，毛主席，领导我们中国人民打走了美帝国主义和它的走狗蒋介石，我们才能有今天，才能和国际朋友们一起欢呼迎接光明的前程！但是正像你所说，美帝国主义反动派是不会甘心的，他们正在阴谋侵略我们，毛主席，我们坚决向你宣誓：你什么时候号召我们起来保卫祖国，我们将贡献我们的一切来响应你的号召！"

# 阶级斗争第一课

从布拉格回来，立即投身于轰轰烈烈的“抗美援朝”。我当时真心相信美国攻打朝鲜，目的就是要占领全中国。“唇亡齿寒”的论证使人不能不信服。真的，我们为什么不把敌人拒于国门之外？抗日战争的苦难记忆犹新，如果要打仗就到别人家里去打吧，这正是最好的动员。我写了一首题为“只要你号召”的不长不短的诗，大大煽动起大家的爱国热情。这首诗用大字报形式，张贴在沙滩民主墙上，吸引了许许多多年轻人。他们又传抄、又朗诵，一时热火朝天。这首诗得了全国抗美援朝文艺奖，又得到了北京、南京、广东等好几个地方的一等奖。我心里当然总有一点儿暗自得意，以为自己为爱国主义立了一功。

学校已经完全停课，参军、参干运动热火朝天。所谓参军就是参加人民自愿军，不久就要开赴朝鲜打仗；所谓参干就是参加军事干部学校，接受更高级军事训练。当时90%的学生都报了名，由领导挑选。但真正去成的不到一百人，我也因“工作需要”，被留了下来。当时的“工作需

1950年，乐黛云的诗歌《只要你号召》贴在北大沙滩民主墙上。

要”，首先是上街宣传、唱歌，进行街头讲演，向市民宣传抗美援朝，说明唇亡齿寒的道理。同时在全体师生员工中开展反对“崇美”、“恐美”、“媚美”三大运动。所有与美国有关的一切，都遭到怀疑、审查和批判：凡牵涉到教会学校，外国医院和留美归国的，都是可疑的“崇美”典型；凡对抗美援朝的正义性和最后胜利持保留态度的，都是“恐美”批判对象；凡说美国任何好话的，都被戴上了“媚美”的帽子。学校顿时分成了“批人的”和“挨批的”两大类。我当时还是一无把柄，有如一张白纸，自然是属于前者。但那些日日夜夜的“批斗会”总使我胆战心惊。特别是有一次民主广场召开的全校斗争大会，被斗者站在高台上，大家高呼口号、控诉、批判，当揭露到美帝协和医院用中国人作病理实验时，群众简直义愤填膺，“血债要用血来还”的喊声惊天动地。站在台上，被当做美帝走狗的替罪羊吓得面无人色，站立不稳。其实，有好些说法我不能同意，认为至少也应分清责任，但为了爱国，必须反帝，我也只能跟着大家一阵乱喊“打倒”之类，内心却在战栗，第一次深感屈从的痛苦！但是，中国人民究竟站起来了，积弱多病的祖国，竟然敢于面对强者，向头号帝国主义挑战，就凭这一点，屈从又算什么？

同年冬天，全校绝大部分师生都奔赴了“土改第一线”。我们全班二十余人（包括中法大学、辅仁大学撤销后合并过来的学生和插班生），和全校文科师生一起组成了江西土改工作第12团，负责江西吉安地区的土改工作。12团由一个县里派来的宣传部长统筹指挥，由北大党委统战部长程贤策担任副团长。当时，正值全国大反和平土改，中心精神是如果只将土地分给农民，还远不足以使他们在精神上得到解放，必须把地主打翻在地，踏上一万只脚，让他们永世不得翻身！我们这些二十来岁的年轻人对中国农村懂得什么呢？更糟糕的是越是从农村来的人越不敢多说自己对农村的看法，唯恐别人说他和地主划不清界限。

我负责的这个村，有一千多人，是一个富村，又是镇公所所在地。当时，按《土地法》规定，土改前三年拥有一定数量土地，而又租给别人，或请雇工耕种的，都是地主或富农；数量较少的，则是“小土地出租者”。按这个标准，这村很容易就划出了八个地主。我最想不通的是其中之一，他是一个在上海干了一辈子的老裁缝。此人一生省吃俭用，终生未婚；有一点钱就送回家乡买地，还作了一些修路搭桥的好事，预期有一个稳定的晚年。不想土改前三年恰恰凑够了当地主的“数”。我曾打过两次报告，说明裁缝也是劳动人民，是否可免划地主？最令我目瞪口呆的是，有一天，忽然“上面”下来一道命令，说是本地农民觉悟太差，不敢起来斗争地主，为了进一步发动农民，八个地主一律就地枪决。我

北大土改工作组（前排右三为乐黛云；右七为朱家玉；第四排中间微笑者为程贤策；第三排中间戴着帽子和眼睛的是废名先生），江西，1951年8月。

首先想到的就是那个七十多岁的老裁缝！我连夜走了十几里地去找领导，希冀能救老裁缝一命。结果是我狠狠地挨了一顿训斥，说我是小资产阶级知识分子的劣根性、人道主义、人性论，站不稳立场！

将近半年的土改工作终于结束了。我们在万安县城用两个星期总结了工作。几乎所有的人都检查了“阶级立场不稳”、“资产阶级人道主义”、“经不起尖锐斗争的考验”。我的内心很感矛盾，抗美援朝，我以爱国之名，谅解了一切不公正，求得了内心的平安；土地改革使我懂得了必须把人划分为“阶级”，只

土地改革工作组，乐黛云(右)，江西，1952年3月。

要一旦被划为“阶级敌人”，那就不是人，就不能用对待人的态度去对待他，就可以对他实行非人待遇，为所欲为，用当时的话来说，就是：“踏上一万只脚，叫他永世不得翻身！”我试着以“阶级”之名，企图说服自己去原谅种种非人的暴行。但我亲眼见到所谓阶级划分完全是人为的，既非道德标准，又不是价值标准。如那个老裁缝，前一天他还是德高望重、乐善好施的乡绅，第二天他就是罪该万死的罪人！原因就全在那莫名其妙的土地之“数”（不劳动而占有土地的数量标准）！我极力不去想这些我无法化解的事，然而，我却无法不感到一种灵魂的扭曲，一种把自己的一半从另一半撕裂的苦楚。

# 历史的错位

1952年毕业，留校工作，是幸运还是不幸？不管怎样，我当时可是为能留在北大工作而兴高采烈！我担任了北大中文系首任系秘书，协助系主任工作。第一个任务就是贯彻“院系调整”的中央决定。许多著名教授都被派去“支边”，如著名小说《玉君》的作者杨振声教授、还有废名教授、萧雷南教授等。中文系“支边”的重点是内蒙和吉林。让这些年近半百的老先生去到遥远陌生的、艰苦的边地，实在不是一件容易的

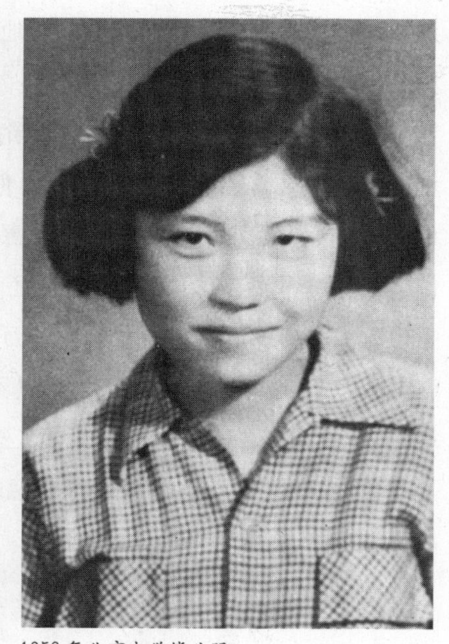

1952年北京大学毕业照

国立北京大学工学院

事！但并没有听到任何反抗的声音，只记得听“思想汇报”时，有人反映教授发牢骚：现在土地国有，哪里有地方去归隐田园？寺庙地产已没收，当和尚也没有了去处！

“院系调整”使北大许多院系被肢解，砍掉了多年经营的医学院、农学院和工学院！卓有成绩的清华文科，包括外语系科也被打散，合并到其他有关大学，不能不说这是世界教育史上的大败笔，大大伤了中国教育发展的“元气”，这绝不是50年后的“院系大合并”所能弥补的！现在看来，遣散也罢，合并也罢，都只能说明教育决策的无知和轻率。

“院系调整”后，北大的标志性建筑，沙滩的红楼、孑民堂和民主广场，不管有多少历史意义，也被从北大剥夺。1952年夏，北京大学全部从沙滩迁到了燕京大学旧址。燕京大学和辅仁大学则从历史上被一笔勾销。

此后，北京大学成了最敏感的政治风标，一切冲突都首先在这个尖端放电。总之是阶级斗争不断：批判《武训传》，批判俞平伯，批判胡适，镇压反革命，镇压胡风集团，接着又是肃清反革命……记得1955年夏，我头脑里那根"阶级斗争的弦"实在绷得太紧，眼看就要崩溃了。我不顾一切，在未请准假的情况下，私自回到贵阳老家。再见花溪的绿水青山。我好像又重新为人，不再只是一个"政治动物"。父母非常看重我的"衣锦荣归"，总希望带我到亲戚朋友家里去炫耀一番。可是我身心疲惫，我太厌倦了！只好拂父母一片美意，成天徜徉于山水之间，纵情沉迷于儿时的回忆。逍遥十天之后，一回校就受到了批判，罪名是在阶级斗争的关键时刻，临阵脱逃。

从此，领导不再让我去作什么重要的政治工作，我则十分乐于有时间再来念书。恰好1956年是全民振奋，向科学进军的一年。我竭尽全力教好我的第一次高班课，大学四年级的《中国现代文学史》。大学毕业后，我就选定现代文学作我的研究方向，我喜欢这门风云变幻、富于活力和挑战性的学科。我的老师曾劝告过我，不如去念古典文学，研究那些死人写的东西。"至少他对你的分析不会跳起来说：不对，我不是那样想的！现代文学可难了，如果你想公平、正直地评述，那么，活着的作者，或作者的家人、朋友就会站起来为他辩护，说东道西"。我没有听他的话，还是选择现代文学作为我毕生的事业。

1956年，是我在教学研究方面都大有收获的一年，我研究鲁迅、茅盾、郭沫若、曹禺，极力想法突破当时盛行的"思想内容加人物性格"的分析方法和不切实际地追索"思想意义、教育意义和认识意义"的研究模式。我的长文《现代中国小说发展的一个轮廓》在当时发行量最大的文艺杂志《文艺学习》上多期连载。我自以为终于走上了正轨，开始了自己的学术生涯。当时，在刘少奇和周恩来的关注下，学校当局提倡读书，我还被授予了“向科学进军”模范、“读书标兵”之类的殊荣。这年春天，毛泽东提出了百家争鸣、百花齐放的方针，知识分子更是为此激动不已。

1952年，我是中文系最年青的助教，是解放后共产党培养起来的第一代“新型知识分子”。我也以此自豪，决心作出一番事业。到了1957年，中文系陆续留下的青年教师已近二十名，我所在的文学教研室也已有整十名。当时人文科学杂志很少，许多杂志又只发表学已有成就的老先生的文章，年轻人的文章很少有机会发表。我们几个人一合计，决定在中文系办一个中型学术刊物，专门发表年轻人的文章。我们开了两次会，商定了两期刊物准备用的文章，并拟定了文章标题；大家都非常激动，以为就要有了自己的刊物。后来又在刊物名称上讨论了很久，有的说叫“八仙过海”取其并无指导思想，只重“各显其能”之意；有的说叫“当代英雄”，当时俄国作家莱蒙托夫创造的那个才气横溢，却不被社会所赏识的“当代英雄”别却林，在大学年轻人中，正是风靡一时。会后，大家分头向教授们募捐，筹集经费。这时，已是1957年5月初。我的老师王瑶先生是一个绝顶聪明而又善观形势的人，他警告我们立即停办。我们还莫名其妙，以为先生不免小题大做，对共产党太不信任。

然而，历史自有它的诡计，这一场“千古大手笔”的“阳谋”伤透了中国知识分子的心，使他们的幻想从此绝灭。我们参加办刊物的八个人无一幸免，全部成了右派。因为，图谋办“同仁刊物”本身就是想摆脱党的领导，想摆脱党的领导，就是反党！况且我们设计的刊物选题中还有两篇大逆不道的东西：一篇是《对延安文艺座谈会上讲话的再探讨》，

1956年北大中文系师生郊游，摄于陶然亭园内。最右伸臂者是施于力，他前面的女士是朱家玉。中间站立者从右至左：游国恩、林庚、吴小如、吴组缃。

拟对文艺为政治服务，思想性第一、艺术性第二等问题提出一些自己的看法。按反右的逻辑，这当然是反党，反毛泽东思想。第二是一篇小说，标题是《司令员的堕落》。作者是《人民日报》派来进修的，当时是中文系进修教师党支部书记。他16岁就给一位将军当勤务员。这位将军后来因罪判刑。伺候了将军半辈子的勤务员，很想写出这一步步堕落的过程，以资他人借鉴。按反右逻辑，这也是诬蔑我党我军，"狼子野心，何其毒也"！

就这样，解放后文学教研室留下的十名新人，九个成了右派。右派者，敌人也，非人也！一句话，只配享受非人的待遇。尤其是我，不知怎么，一来二去竟成了右派头目，被戴上"极右派"的帽子，开除公职，开除党籍，每月16元生活费，下乡劳改。

在北京远郊门头沟的丛山峻岭中，我们从山里把石头背下来，修水库，垒猪圈，我尽全力工作，竟在劳动中感到一种焕发，除了专注于如何不要滑倒、不要让石头从肩上滚下来，大脑可以什么也不想。累得半死，回住处倒头一睡，千头万绪，化为一梦。我越来越感到和体力劳动亲近，对脑力劳动逐渐产生了一种憎恶和厌倦，尤其是和农民在一起的时候！这几年，正值全国范围内无边无际的大饥饿，我们每天吃的东西只有杏树叶、榆树叶，加上一点玉米渣和玉米芯磨成的粉。后来，许多人得了浮肿病，我却很健康。我想，这一方面是因为别人不大会享受那种劳动的舒心和单纯，成天愁眉苦脸；另一方面大概也是得益于我是一个女右派。那时，男右派很多，他们只能群居在一间又阴又黑的农民存放工具的冷房里；而女右派只有我一人，既不能男女杂居，就只好恩准我去和老百姓同住。他们替我挑了一家最可靠的老贫农翻身户，老大爷大半辈子给地主赶牲口，五十多岁，分了地主的房地、浮财，才有可能娶一个老大娘过日子。老俩口都十分善良，竟把我当亲女儿般看待，我也深深爱上了这两个受苦的人。老大爷给生产队放羊，每天在深山里转悠，山上到处都有核桃树，树上常有松鼠成群。老人常在松鼠的巢穴中，掏出几个核桃，有时也捡回几粒漏收的花生、半截白薯、一棵玉米。隔不几天，我们就可以在一起享受一次这些难得的珍品。老大娘还养了三只鸡，除了应卖的销售定额，总还有剩余让我们一个月来上一两次鸡蛋宴，一人吃三只鸡蛋！

由于我不“认罪”，我不知道有什么罪，因此我迟迟不能摘掉右派帽子，也不准假回家探亲，虽然我非常非常想念我的刚满周岁的小儿子！直到1961年初，大跃进的劲头已过，饥饿逐渐缓解，水库被证明根本蓄不了水，猪回到了各家各户，集体猪圈也白修了，农村一下子轻松下来。我也被分配了较轻松的工作，赶着四只小猪满山遍野寻食，领导者意在创造一个奇迹，不买粮食也能把猪养肥。从此，我每天日出而作，日没而息。一早赶着小猪，迎着太阳，往核桃树成林的深山里走去。我喜欢这种与大自然十分贴近的一个人的孤寂，然而，在这种情形下，不思考

乐黛云下乡劳改中与同住的老大娘、老大爷，1960年。

可就很难做到了。思前想后，考虑得最多的就是对知识分子的生活着实厌恶了。特别是那些为保自己而出卖他人的伎俩，那些添油加醋、居心叵测的揭发……我为自己策划着未来的生活，以为最好是找一个地方隐居，从事体力劳动，自食其力。然而，正如“院系调整”时那位教授所说的，一没有粮票，二没有户口，到哪里去隐居呢？寺庙、教堂早已破败，连当“出家人”也无处可去了。人的生活各种各样，我从来没有像现在这样深入了解过农民的生活。他们虽然贫苦，但容易满足。他们像大自然中的树，叶长叶落，最后还是返回自然，落叶归根。我又何必一定要执著于过去的生活，或者说过去为将来设计的生活呢?转念一想，难道我真能主宰自己的生活吗?在中国，谁又能逃脱“螺丝钉”的命运？还不是把你摁到哪里就是哪里!想来想去，还是中国传统文化帮了忙：“达则兼善天下，穷则独善其身”，随遇而安，自得其乐。我似乎想明白了，倒也心安理得，每天赶着小猪，或引吭高歌，长啸于山林，或练英语，背单词于田野。

1962年底，我奉命返回北京大学，恢复公职，职务是资料员。据说为了避免再向纯洁的学生“放毒”，我再也不能和他们直接接触了。我的任务是为上课的教员预备材料，注释古诗。这对我来说，倒真是因祸得福。一来我可以躲在资料室的书堆里，逃过别人的冷眼；二来我必得一字一句，对照各种版本，求得确解。这是硬功夫，大大增强了我的古汉语功底；三来这些极美的诗唤起了我儿时的回忆，给我提供了一个可以任意遨游的世界。可惜好景不长，据说经过考验，我的“毒性”已过，不到一年，又让我“重返神圣的讲台”。分配给我的课程是政治系的《政论文写作》。如此具有崇高政治性的课程，怎么让一个“摘帽右派”去承担?我真的受到了惊吓!后来我逐渐懂得了其中奥妙。中文系的人原来就不喜欢教写作课，因为要花很多时间改作文，对自己没有什么好处，不能写书，提职称就成了问题。况且“政论文写作”是新课，谁也不知如何开，加之一碰到政治，大家都心惊胆战，怕“犯错误”，于是这一光荣重任就落在了我的肩上。

我果然又出了差错。1964年夏，学生们暑假后从家乡回来，我给的作文题目是：就自己的耳闻目睹发一些议论。大部分文章都是歌功颂德，唯独班上的共青团书记，写的却是家乡大跃进和共产风给老百姓带来的危害，并从理论上讨论了杜绝这种危害的可能性。文章写得文情并茂、入情入理，而且与我在农村的经历全然相合。我当然给了高分，并让他在全班朗读，得到了同学一致好评。

不久，全国大反右倾翻案风开始，我一下子就被揪了出来，成为煽动学生恶毒攻击“三面红旗”（大跃进、人民公社、总路线）的头号“典型”，我的例子还说明右派人还在，心不死，随时准备“翻天”！我从此再度被逐出讲台，并被“监督”起来。最使我难过的是那位团支部书记本来可以飞黄腾达的，却被开除了团籍，毕业分配大受影响，分到了一个穷山恶水的异乡（他做得很出色，1980年代当了那里的县长）；更遗憾的是他班上的一位同学拿了这篇文章到其他系的同学中去宣读，于是有了“聚众煽动”的嫌疑，又听说他还有什么别的“背景”，不久就被抓进监牢，后来不知所终。

就这样，迎来了1966年“史无前例”、“震撼世界”的无产阶级“文化大革命”！“大革命”一开始，我是翻天右派，我丈夫是走资派黑帮，我们转瞬之间就被“打翻在地，踏上一万只脚”，不但家被查抄，每天还要在烈日之下“劳改”挨斗，但是我们确实曾经真的从心里为这次“革命”欢欣鼓舞。尤其是得知这次大革命的伟大统帅下令从上到下撤销各级党组织，并且说，你们压了老百姓那么多年，老百姓起来放把火，烧你们一下，有何不可？这真是大快人心，我似乎预见到中国即将有天翻地覆的大变化了。当时还广泛宣传巴黎公社原则，这就意味着党和国家领导人的工资不得超过技术工人的最高工资，意味着全民选举、人民平等。我们都想，如果国家真能这样，在这新生命出现的阵痛中，个人受点苦，甚至付出生命，又算得了什么？后来才明白，这些都不过是一种幌子，和以往一样，我们又受骗了。我们付出了极高代价，但是，一无所获，倒是国家大大伤了元气！当然，话又说回来，如果没有“文化大革命”，当权派的路就没有走绝，就不会有对历次政治运动、特别是反右运动的平反，不会有“四人帮”的倒台，不会有人们的破除迷信、独立思考，也不会有今天的改革开放。因此，如果真有人高呼“无产阶级文化大革命”的成就，我也不会全然反对。

“文化大革命”终于成为过去。折辱、受屈，都不必细说了。我觉得最有意思的是中国头号哲学家冯友兰先生后来回忆的:“他们把我置于高台‘批斗’，群情激昂，但我却在心中默念‘菩提本无树，明镜亦非台；本来无一物，何处惹尘埃？’”看来中国文化传统，特别是老庄、佛道思想确实帮助中国知识分子渡过了思想上的难关。

# 空前绝后的草棚大学

## 小记北大鲤鱼洲分校

1969年春，军委的第一号令下达，北大二千余名教职员工一齐奔赴江西南昌百里开外的鲤鱼洲，走毛主席号召的光辉“五七”道路，建起了北大鲤鱼洲分校。鲤鱼洲是在鄱阳湖畔围湖造田而成的一大片沼泽地。由于钉螺丛生，血吸虫横行，农民早已遗弃了这片土地。我们到达时，只见一片荒凉，先遣部队匆忙搭建的可以容纳二百多人的几座孤零零的大草棚突兀地屹立在荒原中心。为了一日三餐，尽管我们只吃酱油汤加糙米饭，后勤人员还是不得不划着小木船到鄱阳湖彼岸去采购粮食。就在我们到来的前几天，两艘小船遇到风浪，5位员工不幸牺牲。

在毛主席革命路线指引下，我们首先“再送瘟神”，发扬人海战术，打响了消灭钉螺的歼灭战；毛主席有诗云：“华佗无奈小虫何！”我们毕竟比华佗高明，战胜了血吸虫，在鲤鱼洲安营扎寨。当最后离开鲤鱼洲时，我们北大分校仅有百余人患上血吸虫病（据说邻近的清华分校患此病者竟达八百余人)。这无疑是毛主席“一不怕苦，二不怕死”精神的伟大胜利！我们又以“敢叫日月换新天”的气概，用自己的双手建造起一排排砖房和茅草房，开垦出百余亩水稻田(这湖底土地肥沃，水分充足)，创设了自己的砖瓦场(虽然我们只能用双脚在满是冰茬的水中代替牲口搅拌黄泥)，我们有了自己的汽船码头、抽水机、食堂、菜地，还养了很多猪和鸡！当我们吃到自己亲手种出的新大米和碧绿的新鲜蔬菜时，心中之乐真是无与伦比！但快乐之中也有阴影：鄱阳湖比鲤鱼洲高出数十米，人们在下面仰望湖面上的点点渔帆，从湖底看鄱阳湖上的点点白帆，就像白天鹅在蓝天上航行。谁都心知肚明，万一围湖大堤，哪怕是裂一个小缝儿，几千员工的命运就是“人或为鱼鳖”了！因此，防汛时，在大雨滂沱中，人人都是整夜瞪直双眼，紧盯着大堤的每一寸。

我俩带着十岁的儿子，在这个因血吸虫肆虐而被农民遗弃的土地上生活了近三年。我们虽然分住在不同的连队，但两周一次的假期总可以

一家四口：汤一介、乐黛云、汤丹、汤双，1969 年夏。

汤一介、乐黛云、汤双去江西鲤鱼洲之前在天安门前的合影，1969年1月。

一家人一起沿着湖滨散步，那就是我们最美好的时光。后来，多谢领导照顾，几个连队还联合开辟了一间“家属房”，拉家带口的“五七战士”可以排队轮换，到这间特殊的“家属房”中住一个星期。我们一家三口就曾在这样的“家属房”中住过一个多星期。像是久别重逢，三个人重新团聚在一起，说不出有多么快乐啦！生活就这样过下去，如果没有什么急行军、紧急集合、“深挖细找阶级敌人”之类的干扰，日子过得倒也还平静，比起以往阶级斗争的急风暴雨，总算松了一口气。既然前途渺茫，连猜测也难，人们倒也不再多想，我又做起归隐田园的好梦，幻想有一间自己的茅草屋，房前种豆，房后种瓜；前院养鸡，后院养鸭，自得其乐。

可惜好梦不长，一年刚过去，按照毛主席的“不断革命论”，新的革命任务下达了！夏天伊始，总管全国教育科研的实权人物，8341部队负责北大、清华两校的军宣队头领——迟群同志突然驾临鲤鱼洲，召集全体教职员工训话，宣布成立北京大学鲤鱼洲草棚大学：先办文、史、哲三系，学生从江南各省工农兵青年中推荐选拔；他们不仅要上大学，还要管理大学和改造大学（简称上、管、改）。迟群强调这样的草棚大学，一无高楼大厦，二无“不实用”的图书文献，三无固定教学计划（一切因人、因时而异），它的灵魂是知识分子与工农兵相结合。这是一种“新型大学”，与“无产阶级文化大革命”一样，同属“史无前例”！迟群宣布草棚大学暑假后立即开办（干革命就要雷厉风行）！三系各有七八名教师被指定为“五同教员”（五同者，与学生同吃、同住、同劳动、同改造思想、同教育革命之谓）。我和老伴汤一介都有幸名列其中，我们受命立即脱产筹备。我们在会上都表示热烈拥护，私下却不免内心忐忑。我们不知道应该教什么，也不知道应该怎样如领导所要求的，接受工农兵学员的“再教育”。

开学那天，我和女医生乔静被指定和军宣队、工宣队几位年轻领导一起，半夜出发，到南昌近郊的滁差（距南昌和鲤鱼洲各五十余里）去迎接工农兵学员。清晨六点多钟，我们和百余名工农兵学员在滁差胜利会师。队伍略事休息，便重新整队，迈着雄健的步伐，高唱着“我们走在大路上”，向鲤鱼洲进发。真没想到沿途各村镇竟都敲锣打鼓，摆出桌

乐黛云在南昌为工农兵大学生购买书籍，1971年。

案，递茶送水，鞭炮齐鸣，欢送自己的亲人上大学！到了鲤鱼洲，全体北大人夹道欢迎，红旗招展，把世界教育史上的第一批工农兵学员迎进了草棚大学。

我们深感任务之艰巨，每个人都战战兢兢，唯恐误人子弟，对不起养育我们的老百姓和毛主席！我们呕心沥血，好不容易设计出第一年的课程。除全体师生要天天坚持背诵“老三篇”，体会“老三篇”的精神实质外，哲学系主要讲《实践论》、《矛盾论》，历史系主要讲《新民主主义论》，中文系的课程比较丰富，除讲《在延安文艺座谈会上的讲话》外，还讲鲁迅、样板戏，批判四条汉子，外加大量写作实习。另外，几乎占了一半时间的，就是劳动课了！我们满以为工农兵学员会信心百倍地赞美鲤鱼洲，因此，第一次作文题就是歌颂毛主席的教育革命路线——史无前例的草棚大学。我们期待着一批歌功颂德的杰作，甚至还计划选送其中一部分到地方报刊，宣传鲤鱼洲。然而，让我们失望的是几乎所有作文都反映着一种迷茫。较为含蓄的，是说这里一无图书、二无教室、三无好老师（他们认为鲤鱼洲的老师都是北京挑剩的“处理品”），不像大学的样子；有的不谈教育，只是着意赞美鲤鱼洲的自然美景；还有个别家庭环境优越，有恃无恐的激进派就干脆说自己受了骗，要求到北京去上“真正的”北京大学（这时北京也招收了第一批工农兵学员）。军宣队和工宣队领导研究决定，要将教育革命进行到底，必须首先整顿思想。于是，草棚大学的第一课就是“批判资产阶级教育的样子观”！我们遵从上级指示，天天开会，作思想工作，实行军事管理，每天6点半出操、跑步，早餐后，师生各拿一只小马扎，坐在大草棚里，如学生所说，“围着圆圈儿吹牛”。我们这些资产阶级教育出来，而又尚未改造好的知识分子，当然都以自己所受的“毒害”为靶子，极力批判资产阶级教育的“样子观”。

尽管如此，我们还是和这些充满朝气的学员倾心相交，热忱相待，不久就真心爱上了这些真诚、坦直，积极向上，求知欲极强的年轻人。我们尽一切努力，让他们读到更多的书。为此，我们多次去南昌，到已停办的江西大学尘封乱放的书堆中挑了一批书，成立了一个小小的图书馆；我们时时和工农兵学员生活在一起，虚心接受他们的“再教育”，诚心希望工农兵学员真正成为“上、管、改”的主人。无奈学期过半，一切仍不得要领。

这样的“三无教学”终于难以为继。中文系领导想出了一个深得学生赞扬的好办法——到井冈山去！写革命领袖，写革命家史，收集革命民歌！出发那天清晨，三辆大卡车停在我们连队附近的大堤上。雨，淅淅沥沥地下了一夜，至今仍不见停。鲤鱼洲本是湖底，早有“晴天一块铜，下雨一包脓”的美誉。大堤本是黄泥垒起，宽度只能容两辆卡车。

乐黛云（右）与三个学生在安源，1971年。

大堤上的路在大雨浸泡一夜之后，泥泞难行，还没走到车边就有好几个人滑倒。工农兵学员领队曾建议是否雨停后，过两天再走。但是五同教员中的一位革命造反派却站了出来，慷慨激昂地高喊："中国人民连死都不怕，还怕下雨吗？"他率先登上了卡车，别人也就不好再说什么。

三辆卡车艰难地挣扎着，刚来到北大分校与清华分校交接的地界。突然眼见第一辆卡车骨碌碌翻滚着，一直滚到底下的荒草地上！所有的人全惊呆了，立刻下车，连滚带爬，向四轮朝天的卡车奔去，想去救助那些被扣在卡车底下的师生。但是，几吨重的卡车哪里翻得过来？只听得一片无助的哭喊！幸而清华大学分校的"五七战士"们闻声赶来，带着工具，终于撬起卡车的一侧，让我们有可能将里面的人一个一个拽出来！天哪，我们朝夕相处的写作组组长张雪森和一位爱说爱笑，来自上海的工人学员王永干，由于被压在车棱下，大量内出血，脸色深紫，当时就离开了人世！曾坐在这辆车上的陈贻焮教授好久都神智不清，另外还有两个学员头部受了重伤。

我们这些"不怕下雨"的勇者终于拗不过老天，满心悲伤、灰溜溜地回到了原地。接着是每个人都要写文章悼念死者（着重歌颂他们“一不怕苦，二不怕死”的革命精神），开小型追悼会，安抚到来的死者家属。总的精神是少追究、少宣扬，尽一切可能压缩“负面影响”。死者王永干是我这个学习小组的学员，他英俊和善、是已有5年工龄的年轻人。我被指定来接待他的母亲。王永干的母亲只有这一个儿子，为了将他扶养成人，她做了一辈子苦工！她无论如何接受不了失去儿子的现实！如今，在鲤鱼洲，她不吃不喝，哭诉了两天两夜！反复诉说她的儿子如何聪明，如何听话，如何上进，如何做梦也要上北京大学，又诅咒自己瞎了眼，鬼迷心窍，竟让他来上这样的北京大学！我们全组人真不知道如何来面对这位无缘无故突然失去优秀儿子的母亲！

一个多月就这样在痛苦和失落中过去！直到新的命令下达：“化悲痛为力量，重上井冈山！”我们重新踏上征途，却再也没有原来的意气风发！当时井冈山区还没有公路，我们全都跋涉在崎岖的山道上。最难忘怀的是年近半百的陈贻焮教授（炊事班人员），背着一口大铁锅，手脚并用，奋力爬上山崖的身影，还有患有严重肠胃病的袁行霈教授，流着虚汗的苍白的脸色！我当时是宣传队的一员，一直沿路编“对口词”给大家鼓劲，忘了自己的劳累。

我们终于到了井冈山，老革命根据地人民的热情关怀，温暖了我们的心。在井冈山的两个多月，收获是丰硕的。我们大家都了解了老区人民身受的苦难，切身受到了革命传统的教育。同学们不仅学会了写记叙文、小评论和调查报告，还接受了分析问题、调查研究能力的初步训练。值得一提的是我们特别注重基础写作，记得严家炎教授严格要求“文从字顺”，强调写文章必须“丝丝入扣”，因而得了“丝丝入扣”先生的美称。最值得怀念的，是当时的师生关系。我们朝夕相处，互相敞开心扉，真诚相待，常常谈到深夜。这样的师生情谊，后来再也难寻！如今，这些草棚大学的学员都已是五十开外的人了，我和他们中的一些人至今仍保持着联系。如草棚大学的排头兵钟容生同志，很久以来一直是广东省深圳市政府的一个局长，每当荔枝成熟时，只要有人来北京，他一定会给我捎上一大包。当年我所属的那个工农兵学员小组的组长张文定同志，多年担任北大出版社副社长、副总编，至今我们还常在一起共同策划出版书籍。

从井冈山回鲤鱼洲不久，传来了撤销草棚大学的消息。人们前途未卜，不知会被如何处置，引领北望，充满期待与惶惑。幸而结果是皆大欢喜——草棚大学全体师生合并到北京总校，开始了新的大学生活。一年后，整个鲤鱼洲五七干校也撤销了。人们额手相庆，宰杀了所有的猪和鸡，据说开了三天三夜的“百鸡宴”。至于我们曾艰辛创建的农田、菜地、住房、砖瓦厂、草棚，则重又归于荒芜。

汤一介、乐黛云、汤双从鲤鱼洲回家，1971年。

# 从北大外出远游

生命的转折往往来得如此突然！1977年大学恢复正规招生，学校生活开始安定下来。我被分配担任留学生现代文学课的教学工作。第一年主要是朝鲜学生，第二年是第一批欧美留学生。对欧美学生讲中国现代文学总不能只讲“鲁迅走在《金光大道》”上！我开始研究中国现代作家与欧美文学的关系，我的心血凝注于我80年代的第一篇论文《尼采与中国现代文学》。该文发表于《北京大学学报》1981年第一期，很引起了一些同行的关注，特别是吸引了我班上的美国学生薇娜·舒衡哲。她当时已是很有成就的年轻历史学家，对尼采在中国的影响颇感兴趣。她借给我很多有关尼采的书，也和我一起进行过多次讨论，我们成了很亲密的朋友。她回国后，在美国威斯利安大学教书，这所大学离波士顿不远。我想很可能是由于她的提及，哈佛－燕京学社的负责人才会在1981年5月到北京大学来和我见面。对于这次见面，我毫无思想准备。谈话的内容主要是有关尼采。我的英语从未经过正规训练，只有一点中学的基础，看看小说还可以，谈深奥的学术问题，根本就“没门儿”。没想到哈佛-燕京学社竟给沮丧的我提供了到哈佛大学进修访问一年的机会，我的生活从此翻开了新的一页。

1981年8月的一个傍晚，我终于到达了纽约肯尼迪机场。我带了两大箱东西，从内衣、内裤、信封、笔墨、肥皂、手纸，直到干面条。人们说，在美国一切都贵，把美国钱换算成人民币，对我来说，这些东西的价值全都是天文数字。但机场却不像我曾被告知的那样恐怖。没有戴红帽子的黑人来强推我的行李，勒索要钱；海关官员挺友善，并没有提什么让人发窘的问题；检查行李的人也不曾把箱子翻一个底朝天。最高兴的是，出门一眼就看见了来接我的年轻朋友，并不曾像我在梦中多次被吓醒时那样，迷失在随时都有可能进行奸淫掳掠的陌生人群之中。

纽约给我的第一个印象是新奇。薇娜的车停在几层高的停车楼里，我们得乘电梯上去，再把汽车开下来。沿路看不到一个人影，只有五颜六色、高速奔驰的汽车。在路边的小餐馆里，我吃了一生中的第一个汉堡包。这个普通的餐馆也同样使我惊奇，这里没有想象中的灯火辉煌，也没有一般美国电影里酒吧中震耳欲聋的摇滚音乐，更没有中国餐馆中的人声嘈杂。一个个小小的枣红色玻璃灯罩在每一张餐桌上，掩护着一支小小的蜡烛，发出柔和的光；就餐的人不少，餐厅里却静得出奇；不知道从哪里传来了幽幽的古典提琴曲。我的心充满了宁静。这和我预期的第一个纽约之夜是多么不同啊！唯一使我纳闷的是，从纽约到康乃狄格州的中途城，总共只有几小时路程，我们却不得不停了九次车，丢下“买路钱”才得过关。我问薇娜，何以不一次交掉？何以不买一张通行证，一路开过去呢？薇娜也说不出所以然。

我在薇娜家里住了三天，这对我身心方面的调节太重要了，我对此

哈佛大学图书馆

至今仍怀感激。当时薇娜尚未结婚,她独自占据了一幢小白楼的第二层。她的书房堆满了书、杂志报纸,凌乱不堪,稿纸、软盘、香烟头遍地都是。她就这样每天扒开一小片空间,日以继夜地在电脑前写作。她吃得也很简单,早上把香蕉、牛奶往搅拌机里一倒,黏黏糊糊,配上一片面包;中午一律是蔬菜香肠三明治;晚上才作一点熟菜。她不舍得花时间。相比而言,中国人用在吃饭上的时间实在太多了!我们生活的节奏太慢,许多时间白白地溜走了。和薇娜在一起,会有一种时间紧迫感,只想赶快抓紧时间、赶快工作。

第二天是中秋节,薇娜、薇娜的男朋友杰生、杰生的小儿子加维和我一起在宽阔的绿草地上看月亮,我请他们吃北京带来的月饼。六岁的加维非常懂事,他显然不喜欢这种过甜的异国食品,但只是客气地说等一会再吃。他一直在努力教我识别美国五分、十分、二十五分的镍币,但却解释不清何以五分镍币反而比十分镍币的个儿大，并因此很着急。加维的父母已离婚，他每个周末都要到波士顿去看母亲，这时父母各驾车走一半路程，在一个约定的中点把孩子像货物一样交给对方。我为加维很难过。在后来的日子里，如果说美国有什么令我震惊，那就是离婚！我的好朋友几乎都有离婚的经验。我认为这种离婚对女人特别不公平。美国和中国不同，根本无法找到便宜的劳动力充当保姆，老一代人又绝不愿插手第三代的抚育工作，母亲往往只好抛弃职业和学习，以保证父亲的功成名就。十五年后，父亲多半有了巩固的地位，母亲却再难返回社会，找到自己的职业。于是，夫妻之间出现了落差。丈夫说，是的，我们曾有过甜蜜的过去，你给了我儿子，但却不能再给我青春。他身边环绕着崇拜名人的年轻女人、重新组织家庭，真是易如反掌！我不能指责这样的男人，他们中间有很多是我敬重的朋友。确实，如他们所说，人生转瞬即逝，既然婚姻索然寡味，为什么要为它牺牲掉自己的后半生？然而，女人终究太倒霉了！她们一般不大可能找一个比她们年龄小很多的人作丈夫，十几年拉扯大的孩子，一上大学，就要搬出去住，唯恐母亲干扰了自己的生活。于是很多中年妇女出现了所谓"空巢综合症"。记得作家王蒙来哈佛大学访问时，我曾和他谈过这个问题，他哈哈大笑，说中国绝无"空巢综合症"，有的只是"满巢爆炸症"房小人多，大家都忙得团团转！的确，中国知识妇女较少抛弃职业，男人也作较多家务，一般来说，他们没有很多时间去浪漫地"找回青春"。我绝不是说中国知识分子的婚姻生活都很美满，只是道德、舆论、生活条件、法律，都使离婚不那么容易，中国人也较能忍耐，得过且过，不到万不得已，也就"懒得离婚"。这对某些急于离婚的妇女也许造成了很多不幸，但也保障了更多妇女不至于无家可归。

也许是受了薇娜的感染，我一心想赶快到哈佛大学安顿下来，开始我的研究工作。在哈佛大学最惊心动魄的一幕，就是迷失在大图书馆的地下室。到哈佛大学的第一天，办完一切手续，已是下午四点多，我迫不及待地一头钻进久已向往的哈佛大学图书馆，乘电梯一直下到最底层，心想一层一层逛上去，大概总能看到一个图书馆的全貌。这最底层已是地下室的第三层，全靠纵横交错的路灯照亮。需要看哪一格，再开那一格的灯。这最下一层收藏的，全是旧报纸，我一路看过去，想找找看有没有中国的旧报。据说，国内找不到的许多旧报纸都能在此发现，而我最感兴趣的是20年代大革命前后的旧报纸。我越走越深，终于完全迷失在密密麻麻的书架之中，再也找不到归路，电梯似乎已从地球上消失！我乱转了一个多小时，还是一无所成。我开始害怕起来，不会有人知道我在这里，学校还没有开学，宿舍里本来就空空荡荡，谁会来救我呢？万一到了下班时间，灭了灯，一个人待在这万丈深渊的漆黑中，怎么办（我以为和中国一样，下班后要关掉电源）？我转来转去，肚子饿得要命，中饭本来就没有好好吃。忽然看见一部电话，我似乎看到了大救星一样直奔过去，但是，身边一个电话号码也没有，况且人生地不熟，办公室早已下班，我又能给谁打电话？如果说有什么文化惊吓，我可真感到了惊吓！我靠墙坐在地上，又累又饿，黔驴技穷，一筹莫展，差点要哭出来！也不知就这样坐了多久，忽然听到脚步声，我连忙站起来。来的是一个年轻人，和蔼可亲。他大约见我一脸惊惶，就主动问我遇到了什么困难。我觉得很难为情，嗫嚅说，我迷失了出去的路。他一定觉得很好笑，告诉我转一个弯就是电梯，又教我地上的红线、黄线、绿线是什么意思，沿着这些路线走，绝对不会错，又告诉我图书馆门口有多少种说明书，应该事先读一下。我得到了一个教训，在美国无论做什么，都必须先看说明书。

我始终怀念在哈佛大学的那些日子，特别是那里的学生宿舍。每个宿舍都是一个很大的庭院。我居住的洛威尔之家（Lowel House）就是四面宿舍，中间围着一块很大的绿草坪，大约有二百多名学生，其中有本科生、研究生，也有个别年轻教员。研究生就在宿舍的小教室里给本科生开辅导课，并从各方面指导他们，成为他们的榜样。宿舍总负责人极力营造一种家庭气氛。每周四下午四点都有家庭茶会，夫人自己烘焙的小饼干香气四溢。一只毛茸茸的大狗懒洋洋地躺在客厅里，宿舍里的任何人都可以去吃几片饼干、喝一杯咖啡，和不时来参加茶会的教授或高级领导们聊几句。每星期三晚上有极其热闹的冰淇淋宴。这时，餐厅里摇滚乐震耳欲聋，几十种冰淇淋随便吃。据说，有一位校友在哈佛大学读书时，家里很穷，买不起自己很爱吃的冰淇淋，后来发了财，就设了一笔基金，用其利息每周请同宿舍的室友们大吃一顿冰淇淋，爱吃多少吃多少，免费！星期五晚餐有“高桌”（High Table），餐厅舞台上摆起一溜大长桌，铺上雪白的桌布。在这个宿舍住过的教授或年轻教师围桌而坐，这时，洛威尔之家的钟楼准时响起了悠扬的钟声。饭后，教师们就会很自然地到学生中去，和他们随便聊天。这些当然都只是一种形式，但我深深领悟到所谓哈佛传统，就是在这些不断重复的仪式中代代承传。

我在哈佛大学的一年并没有很好开展研究工作。我白天忙于听课，晚上到英语夜校学习。我主要听比较文学系的课，这门学问深深地吸引了我。曾经是这个系的主要奠基人的白壁德教授（Irving Babitt）曾大力提倡对孔子的研究，在他的影响下，一批中国的青年学者，如吴宓、梅光迪等开始在世界文化的背景下，重新研究中国文化。当时的系主任劳德·纪延（Claudio Guillen）也认为只有当东西两大系统的诗歌互相认识、互相关照时，一般文学理论中的大争端始可以全面处理。我真为这门对我来说是全新的学科着迷，我借阅了许多这方面的书，又把所有能积累的钱都买了比较文学书籍，并决定把我的后半生献给中国比较文学这一事业。

时日飞逝，一年很快就过去了。我觉得自己还刚入门。特别是1982年夏天，应邀在纽约参加了国际比较文学学会第十届年会之后，我更想对这门学科有一个更深入的了解。因此，尽管学校多次催我回国，我还是决定在美国继续我的学业。恰好加州柏克利大学给了我一个访问研究员的位置，我于是不顾一切，直奔美国西部。

我在哈佛大学已被那里的温文尔雅所濡染，新英格兰地区的一切，都是那样富于传统、绅士风度。到了西部似乎又经历了一次灵魂的大解放。记得参加纪延教授的讨论课时，每到四十分钟，秘书一定准时端上一杯咖啡，并照例要说：“教授，请喝咖啡。”于是课间休息。在柏克利可就完全不同了！记得在柏克利大学听第一课，忽听得背后呼哧作声。回头一看，坐着一只大狗！这里学生带狗上课好像习以为常。教授上课，有时就跨坐在桌子边，学生爱发问就发问，师生之间无拘无束，常开玩笑，更没有什么女秘书来送咖啡。学校里热闹得很，全不像哈佛大学那样安静。广场上，有讲演的、有玩杂耍的、有跳霹雳舞的、有穿黄袈裟剃光头、高呼“克利希纳”，蹦蹦跳跳的。还有一位女诗人每天总在一定的时候出现，穿一身黑，沿路吹肥皂泡。校门口到处都是卖食物的小摊，各国食品都有，简直是个国际市场。这里的人们似乎都不喜欢在食堂吃饭，大家都愿意把饭端到温暖的阳光下，就地坐在台阶上吃。我和他们谈起哈佛大学的“高桌”，他们全都嗤之以鼻，仿佛我是一个傻瓜。其实，比较起来，我更喜欢柏克利，我觉得这更适合我的本性。在柏克利，我觉得自在多了。人们都很随便，几乎看不见什么西装笔挺、装模作样的打扮。

我的学术顾问是著名的跨比较文学系和东亚系的西里尔·白之教授。他对老舍和徐志摩的研究，特别是对他们与外国文学的关系的研究都给了我很大的启发。他对元、明戏剧传奇的研究也提供了全新的学术视野。我很喜欢参加白之教授的中国现代文学讨论班。印象最深的是有一次讨论赵树理的小说《小二黑结婚》。同学们各抒己见，谈谈各自对书中人物的看法。一位美国学生说，她最喜欢的是三仙姑，最讨厌的是那个村干部。这使我很吃惊。三仙姑是一个守寡多年，还要涂脂抹粉，招惹男人的四十多岁的农村妇女，一般被认为是一个"坏女人"；村干部训斥三仙姑，则被认为是反对伤风败俗，主持正义。但这位美国同学也有她的道理：她认为三仙姑是一个无辜受害者。她也是人，而且热爱生活，她有权利追求自己喜欢的生活方式，却受到社会歧视和欺压；而村干部则是多管闲事，连别人脸上的粉擦厚一点也要过问，正是中国传统的"父母官"的模式。我深感这种看法的不同正说明了文化和社会价值观念的不同。这种不同不仅无害，而且提供了理解和欣赏作品的多种角度。正是这种不同的解读才使作品的生命得以扩展和延续。这个讨论班给我提供了很多这类例子，使我在后来的教学中论及接受美学的原理时有了更丰富的内容。

在白之教授的协助下，我在柏克利写成了一本《中国小说中的知识分子》，这是我得到柏克利大学奖助金所承担的义务。后来，这本书作为柏克利大学《东亚研究丛书》之一用英文出版。我对白之教授怀着很深的友情，特别是他对他妻子的一往情深使我对美国知识分子的婚姻生活有了另一种看法。白之教授和他的夫人青梅竹马，年幼时就在英国的农村相识，经过几十年颠沛流离，爱情却始终如一。当然，他们之间所有的也许已不是那种年轻人的激情，但从他们的眼神里，可以清楚地看到那种理解、信任、温存和爱。前几年，听说白之夫人得了重病，白之教授已辞去职务，和夫人一起隐居柏克利山中。记得当年白之教授带我在柏克利爬山时，我曾问起他对老年和死亡的看法。他很豁达，隐居正是他的计划中事。

通过白之教授的介绍，我见到了心仪已久的刘若愚教授。他邀请我到斯坦福大学去作一次讲座。我们一见如故，课后他请我吃饭，在座只有我们两个。他喝了很多很多酒，我原来就觉得他是魏晋名士中人，进一步接触，更有这种感觉。由于我不会喝酒，他很嘲讽了我一番。他说，没有酒，哪有诗？他一边自斟自酌，一边很高兴地和我闲聊。酒和友情常常使人容易打开心扉。刘若愚教授告诉我他的妻子是英国人，如今已离异，还居英伦。他们的女儿已长大成人，今年考大学。

他希望她上哈佛大学，但她却一心要去英国寻找母亲。沉默了很长一段时间，我也不知道该说什么。又喝了两三杯，他告诉我，他女儿患有白血病，脾气很怪诞。饭后，刘若愚教授邀请我去他家喝一杯咖啡。他一进门就喊女儿的名字，但没有人答应。房间很大，显得十分空旷，一只小黑猫在咖啡桌上打瞌睡。这里的气氛和白之教授温暖的家简直太不相同了！虽然房子的外表同样是美丽的洋房、宽阔的阳台，碧绿的草坪！刘若愚教授在学术上卓有成就，几乎研究中国文学理论的人，都不能不参考他的《中国诗学》和《中国文学理论》。我很难想象像他那样一个绝顶聪明、极富生命活力的人如何能忍受那样的孤独、寂寞，以至空虚！数年后，我在加拿大得知他去世的噩耗，不禁潸然泪下。他还没有活到六十岁，真是英年早逝！今天，我进一步研究比较诗学时，一翻开他的书，他的音容笑貌还总在心中缭绕。

当然，在柏克利最难忘的，还是卡洛琳一家。卡洛琳不懂中文，我的英语完全不足以表达我的内心，但我们却能相互理解，这不能不说是一个奇迹。卡洛琳是一个富于感情的人，她对我过去的遭遇深感同情。

我的第一部英文著作 *To the Storm* 的合作者卡洛琳·威克曼博士，右为密友薇娜·舒衡哲，1988年摄于波士顿。

我也十分喜欢她那原来很和美的家。我感到自己长久以来，已很少和人有过这样深刻的内心交往。国内几十年的阶级斗争，使得人与人之间树起了很多难以突破的屏障，多少想象不到的告密、叛卖总是使人不想倾吐内心。在国外，没有这些痕迹，倒是较为容易进入彼此的心田。我深爱卡洛琳的小女儿，她来到这个世界上只有几个月，已是非常任性，眼睛闪耀着野性而热烈的目光。她和我所熟知的中国孩子极不相同。后来，我慢慢领悟到，中国孩子和美国孩子的这种差别也并不是天生的。在中国，按照传统习惯，孩子一出生，就要用带子把婴儿用棉被裹着捆绑起来。母亲们说，这样孩子的身体才会笔直不弯。美国母亲却从来不捆她们的孩子，而让他们仰面朝天、手脚乱动。卡洛琳总是让她的女儿在地上乱爬，我最看不惯。孩子弄脏手怎么办?孩子拣脏东西放进嘴里怎么办？孩子把指头伸进电源插头怎么办？卡洛琳却说她宁可把地板擦干净，把电源插头封死，在高处另安插头。孩子稍大，卡洛琳开始没完没了地问小女儿每顿饭愿意吃什么，每次都有四五种花样供她选择，并从不喂她，很早就让她自己吃。尽管每次吃饭都是弄得满脸、满手、满地，爱吃多少就吃多少。中国可不是这样。记得小时候吃饭，母亲总要告诫我们：不许挑三拣四，做什么吃什么，不许剩饭。美国孩子人多数两三岁还一天到晚绑着尿布，我不无自豪地对卡洛琳说，中国孩子三四个月时就不再用尿布了，父母严格训练他们按时大小便。卡洛琳却说这种训练侵害了孩子的自由发展，养成了中国人过早控制自己的、压抑的性格！尽管我们有许多分歧和争论，我仍然十分怀念那些美好的日子。

我的住处就在卡洛琳家附近。我们大清早，在孩子们起床前，沿着柏克利山脊跑一段，然后，我回家念英语，她回家作早饭，打发大孩子上学。九点钟我们坐下来一起写作，小女儿就在旁边乱爬。

我们就这样写出了我们共同的著作。我没有想到我的那本20年回忆录会出版，我写那本书的时候，只是想留下一页真实，让后来的人们知道，曾经有这样一段历史时期，人们竟是这样生活、这样思考、这样感觉的！那时还是1982年，谁也不知道中国会朝着哪个方向发展，也不知道说了这些实实在在的真话会得到什么结果。卡洛琳告诉我，美国银行开办一种业务，你可以在那里租一个小信箱，把你的秘密安全地放在那里，所花的钱并不很多。卡洛琳还答应帮助我照管，也许等到我死后再把这些话说出来！于是我们每天早上坐下来写我的回忆。这本书能写出来，也真是一个奇迹。卡洛琳完全不懂中文，而我的英文也常常支离破碎，词不达意。也许我们依靠的正是内心的理解和感应。卡洛琳从不厌倦地提出各种各样的问题，从我的真诚而不免散漫的回答中努力捕捉我的思绪。当时并不考虑出版，说话也就随兴之所至，没有什么顾虑。没有想到中国发展这么快。两年过去了，似乎去银行租一个小信箱的计划已没有什么必要。1984年，就在我回国前夜，我和卡洛琳决定将这本书交美国加州大学出版社出版，书名就定为 *To The Storm*。

由于我确实毫无讳饰地真诚坦露了我的心，这本书得到了许多人的同情。1985年一出版就引起了出版界的重视。美国的《纽约时报》、《洛杉机时报》、《基督教科学箴言报》、英国的《伦敦电讯报》、德国的《法兰克福邮报》、加拿大的《汉米尔顿邮报》等二十多家报章杂志都先后发表了书评，给予相当高的评价。第二年，德国著名的谢尔兹(Scherz)出版社出了德文版，书名改为《当百花应该齐放的时候》，内容没什么改变。同年，这本书荣获美国西部的“湾区最佳书籍奖”。我想这主要应该归功于卡洛琳优美而流畅的文笔。最令人高兴的是，事隔多年，这本书竟还能引起日本著名汉学家、东京大学教授丸山昇先生的兴趣。在他的亲自主持下，丸山松子夫人和原在我任教的留学生班就读、现在横滨大学教书的白水纪子教授，已合作将此书译成日文，由日本岩波书店1995

作者英文版自传，*To The Storm* 的封面，美国加州大学出版社，1984年。

*To The Storm* 日文版封面，日本岩波书店，1995年。

*To The Storm* 德文版封面，书名改为《当百花应该齐放的时候》。

年出版。

我认为这本书的价值就在于真实。正如著名的国际友人，1930年代在中国工作过十余年的约翰·谢维斯在为本书所写的长序中所说："这本书之所以伟大，就在于它远不是一系列恐怖事件的记录，她的叙述真诚而敏感，在她看来，错误并不都在一面，而是由于许多个人无能为力的、错综复杂的历史的机缘所造成。作为一个坚忍不拔，蕴藏着无限勇气和力量的女人，作为一个永不屈服的母亲，在不可思议的痛苦和考验面前，她保存了她的家庭，她的孩子和她自己的未来……她的骇人的经验给了我们一个人类不屈灵魂的例证，其意义远远超越于具体的时代和地区。也许她经历的事件很难和别的地方相比，然而哪一个国家又不曾有过充满着无法容忍的暴力的历史阶段呢?"我想，正是他所说的这些原因，这本书一直被很多大学选作讲授中国现代史的补充教材，至今我还常常收到国外学生寄来和我讨论一些有关问题的远方来信。

# 世纪末访意大利

早就得知意大利的波罗尼亚大学——世界最古老的大学将在公元2000年盛大庆祝建校900周年，并迎接新世纪的到来。庆祝节目繁多，讨论会也是多种多样，主题都是“信息 · 知识 · 真理”。我有幸赶上了最后一场国际讨论会，由亚、非、欧三地，文、理多科学者讨论“他者立场”和“互动认知”问题。我很高兴能在波罗尼亚美丽的湖光山色和繁富的人文环境中告别了自己的20世纪。

## 波罗尼亚古城一瞥

第一次乘坐从巴黎到波罗尼亚的夜卧车，感觉颇不一般。两人一间的车厢很是逼窄，和国内的软卧车厢不一样，卧榻只在一侧，面对着深黄色的板壁，壁上挂着一幅凡 · 高的向日葵复制品和一排挂衣的钩子。靠进车门的地方凹进一块，正好放一个冲水的瓷脸盆。脸盆下方是一个神秘的小柜，打开一看，原来是一个便盆，拿开便盆，便是可以冲水的下水道。我正在纳闷，如此狭窄的卧榻，岂能容两人酣睡？似乎是解答我的疑问，高大的列车员进来，按一个电钮，就有另一个卧榻从天而降，端端正正、稳稳当当，恰好架在原有卧榻的上方。只是两个卧榻之间的距离实在太小，连我这样个子不高的人也直不起腰来，只好早早躺下；心想这次幸而有老伴同行，要是两个陌生人，该多么别扭呀！万一是互不相识的一男一女，那就更甭说了！

从晚七点到早七点一个对时，我们越过法国、意大利边境，到达了意大利北方的古城波罗尼亚。这天是星期天，我们早被告知，这个周末在此有盛大的商品交易会，城内已难找住处，只好住在郊外。好在到得早，我们安顿好后，立即奔赴市内，想借此休息日，一睹意大利交易会的风采。心目中的交易会应是像儿时家乡的赶集，大摊小贩，人声嘈杂，琳琅满目。奇怪的是城内街市，家家关门闭户，遵守着天主教礼拜日的严格教规。我们沿着清静的街道走了好久，也不见交易会的形迹，好不容易来到一个广场，广场一角有一个不大的乐队，悠扬的黑管奏出欢快的舞曲，几个年轻人跟着旋律在跳舞；广场中心有几个吉普赛人在献艺，或是抛流星，或是翻筋斗，都不怎么精彩。另外有几个小商贩在兜售五颜六色的锯齿形大气球。这种大气球气很足，只要一松手，就立刻直上云霄。广场的正面是一座雄伟的教堂，广场两侧有咖啡馆，人们在铺着红桌布的小方桌边悠闲地喝着咖啡。我不禁问身边的意大利朋友，交易会在哪里？他哑然失笑说："你以为交易会是在市场上么？"原来当代商业巨头都是带着能随时联网的电脑，其中载有彩色图像和精密数字，只要轻轻一点，一切尽在眼中。这些大佬们在豪华旅馆中，一边展示、一边说明、一边议价，一边拍板成交，生意即告完成。

我只好打消看交易会的念头，这才发现环绕在我身边的原来就是波罗尼亚最古老、最著名的市政中心马焦雷（Maggiore）广场。广场西边的市政厅自1200年，也就是我们的宋代，就已开始办公了。古香古色的三层楼正门上方，端端正正地塑着改造欧洲历法有功的教皇格雷戈里13世的雕像，他就出生在波罗尼亚。说也奇怪，小小的波罗尼亚城竟然诞生过四位教皇，还有无线电报机的发明者马科尼！穿过市政厅的庭院，可以直达收藏十分丰富的古代艺术博物馆，拉斐尔的名画《圣切奇利亚》就收藏在这个博物馆里。广场西南角，矗立着我早就闻名并刻意寻访的"海神喷泉"。只见青铜塑造的海神，足有一人多高，肌肉突起，紧握三叉戟，直视东方。他脚下的小天使们怀抱着各种水族，从它们的口中，银色的水流不断喷涌而出。维护着底座的，则是一些体形丰满、姿态迷人的人鱼。整座雕像结合着庄严、活泼与艳丽、肉感，甚至有些妖媚，真是名不虚传，给人十分深刻的印象。广场正北的圣彼德罗尼奥大教堂是欧洲最大的教堂之一。这座教堂以它四壁和拱顶的名家壁画驰名世界。教堂内埋葬着许多名人，他们的大理石墓碑点缀着极其精巧繁富的浮雕和塑像；教堂正中的日晷则是1655年由著名的多米尼柯·卡西尼所制。正对着圣彼德罗尼奥教堂的是更古老的、建于1244年的雷·恩佐宫，这是一座灰黄色的黯淡的宫殿。在福萨塔一战被俘的弗雷德里克二世之子恩佐就在这里活活被监禁了23年！从广场向东北走10分钟就来到作为波罗尼亚城市标志的、远近闻名的双塔。这两座相距十余米，形状不同，高低各异，全不对称的黑褐色封闭式砖塔，在黄昏时分看去，给人十分古怪的感觉。两座塔都修建于公元1109—1119年之间，阿森勒里塔高97米，倾斜2.23米(指塔尖到地面的垂直线与塔底中心的距离)；加里森达塔高48米，倾斜3.22米。周围的居民已说不清这两座塔的历史，不知道为何修建，也不知道为何倾斜，只知道"它们从来就在那里"。从双塔斜跨两个小广场，就是这一带建造得最早的圣彼德罗主教堂了。这座教堂建于公元910年，1131年毁于大火，经过几次修复和扩建，1605年，大致建成了目前这个模样，它华丽多彩的门面设计是在1743年和1776年出自名家之手，如今已成为富丽精致而又保护得很好的巴洛克建筑风格的典范，可惜天已昏黑，我们已来不及细看了。

## 厚重的历史感

第二天是正式开会的日子。我们一大清早就走在古城红砖铺就的拱形街道上。一路上常见精心保护的各种断壁颓垣，有时为了让这些历史遗迹仍有一席之地，新修的马路不得不绕道而行。

波罗尼亚古城历史之古远大大超出了我的想象！原来在公元前6世纪，也就是中国的春秋时期，就有公元前8世纪前从小亚细亚移入的埃特鲁里亚人将波罗尼亚地区建成北方的首府，发展了繁荣的商业和农业文明，这种文明对罗马的历史曾产生过重大影响。如今从他们的墓葬中出土的壁画和姿态生动的赤陶人像都说明了这个部族高超的艺术成就。

波罗尼亚最负盛名的当然还是建立于11世纪的波罗尼亚大学和它向全民开放的大学图书馆。这个大学现有近四万学生，分散在遍布全市的各个园区。我们开会的地方设在城市中心的高级人文研究院。这里是最古老的校园，汽车不能直接到达，要步行过好几条红砖铺成的拱形市街。研究院十分沉重的枣红色大门迎面给你一种震慑人心的历史厚重感，我们当中几个正在说笑的年轻学者不由得一下子肃穆起来。绕过同样厚重的有栏杆的红色回廊，我们来到二楼中央的会场。这里放着三十来把铺着红色天鹅绒坐垫的18世纪宫廷式座椅。屋顶的圆形穹窿和四周墙壁都画着博物馆里才能见到的不知名的古典壁画。讲台长桌上放着两部电脑，长桌两头是两台大银幕电视。发言者只要放入软盘，彩色图画、数据、

1993年与意大利著名作家和理论家恩博托·艾柯在会上，艾柯为本次会议的主席。

列表立即出现在银幕上。发言者一边讲述，一边演示，条理十分清楚，不同语言的障碍似乎也消减了许多。我这才懂得原来古典和现代也是可以这样结合的。

## 我们讨论了什么

大会的主持人是波罗尼亚大学高级人文学院主席艾柯(Umberto Eco)和欧洲跨文化研究院院长李比雄(Alain Le Pichon)。艾柯1993年曾来过中国，从广州——西安——乌鲁木齐，再到北京，企图寻找一个西方人对中国丝绸之路的原始感觉并就此和中国学者对话。他在北大发表了著名的《独角兽与龙》的演说，声称自己来中国不是寻找和西方一样的、西方的“独角兽”（Unicorn)，而是来寻找完全不同的、中国自己的“龙”。李比雄则是欧洲“互动人类学”（Reciprocal Anthropology）的首倡者之一。参加会议的有来自非洲的人类学家穆萨索(Moussa Sow)，意大利著名数学家艾克朗(Ivar Ekeland)，西班牙人类学家安东尼奥·德·罗塔(Antonio de Rota)，法国文化批评家碧帼黛(Picaude)，日本艺术史家稻贺繁美等。中国的参加者除汤一介、赵汀阳、乐黛云、王铭铭外，还有世界级电脑专家郭良和中外知名的青年艺术家邱志杰，还有青年企业家——北京APLUS公司总裁吕祥。两天讨论的问题很集中，主要是在经济、科技日趋一体化的形势下，是否应保持和如何保持文化的多元发展。艾柯认为欧洲大陆第三个千年的目标就是“差别共存与相互尊重”。他认为人们发现的差别越多，能够承认和尊重的差别越多，就越能更好地相聚在一种互相理解的氛围之中。

“承认差别”被强调提出，除了殖民体系瓦解、各种中心论逐渐消亡等社会原因外，还有更重要、更深刻的理论原因，那就是人类思维方式的重大改变。这一改变的核心主要表现为：与主体原则相对，强调了“他者原则”；与确定性“普适原则”相对，强调了不确定的“互动原则”。总之是强调对“主体”的深入认识必须依靠从“他者”视角的观察和反思；一切事物的意义并非一成不变，也不一定有预定答案，而是在千变万化的互动关系中、在不确定的无穷可能性中，有一种可能性由于种种机缘，变成了现实；中国学者特别指出这种尚未变成现实而蕴藏着众多可能性的“混成之物”就是中国文化强调的“道”，也就是所谓“不存在而有”。

会议除理论的辨析外，还特别研究了某些实际的计划，如合作探讨关键词语与关键意象在不同文化中的不同解读和表现，中国和欧洲通过网络进行远距离教学的合作计划以及策划一部现代中国人从中国文化观点看欧洲的人类学学术电视剧等。邱志杰还展示了他的多媒体创作《什么是西方》，这部形式新颖的作品，以对中国人和西方人的随机采访录像为基本材料，加上各种典型的历史照片和图画表达了不同文化背景的人们对西方的不同了解和不同表达方式，引起了大家极大的兴趣。

## 世纪末？

在波罗尼亚的三天实在太丰富了。最重要的是不同文化背景的人们聚集在一起，相互激发了许多新的思考，又为各自的思考添加了从未想到过的许多全新的问题。大家都感到这次会议本身就是尊重差别，以互惠互动的认知方式进行沟通的一次成功的实践。

世纪末来到意大利，不禁回想起我从书本上读到的意大利的前一个世纪末。19世纪的最后十年，意大利知识界几乎全是颓废派的天下。以福加扎罗(Antonio Fogazzaro)、帕斯科里(Jovanni Paskoli)、邓南遮(Gabriele D' Annunzio)、斯韦沃(Italo Svavo)等著名人物为代表的一批作家、艺术家、知识分子都特别强调本能、非理性、潜意识，以个人主观与一切理性主义和人文精神相对抗，形成了一时名震欧陆的意大利颓废主义(decadentismo)。在我的期待视野中，似乎预期着在现在这个世纪末，也会在意大利知识界发现什么类似的人物。然而，事情完全不是这样，我所见到的知识界人士最关心的是环保——地球的命运；不同文化的互动互惠——人类的命运。人们衣着整洁，一如城市本身的整洁。很少见到在纽约街头常见的那种衣冠不整，纠结着长发，惺忪着睡眼，透着吸毒后的迷幻的人群。当然，我不敢说整个意大利都如此洁净，我只是说我在波罗尼亚的见闻。波罗尼亚确实有些特殊，这一方面也许是因为这里有着深厚的天主教传统和人文教育传统，另一方面也许是因为第二次世界大战后，这里共产主义运动力量强大，地方政府又长期由正派共产党员担任领导的缘故吧。

# 从“不可见”到“可见”

## 突尼斯国际会议随记

正当美国的亨廷顿教授断言西方与非西方的文化冲突难以避免，甚至将导致第三次世界大战，并以近东的伊斯兰文化和远东的儒家文化为假想的敌手时，在伊斯兰传统的北非国家突尼斯却召开了一个别开生面的，研究不同民族文化如何相互理解，多元共存的国际讨论会。会议由欧洲跨文化研究院和突尼斯地中海文化中心联合主办，地点在美丽的地中海海滨小镇，突尼斯的哈玛默特。到会者有来自法国、德国、意大利，西班牙、马里、塞内加尔、黎巴嫩、日本、中国海峡两岸的人类学家、宗教学家、哲学家、文学理论家、诗人和宗教领袖——神父、佛教法师。会议主题是“从不可见到可见”，意在从各种不同文化角度讨论不可见之神，在不同的宗教中如何成为可知、可感、可见的形象，这实在是不同宗教共同的根本问题；另一方面，也讨论文学，特别是诗，如何从少量可见的“字”引向广阔的不可见的意义空间。我在此无意介绍会议的全面情况，只想谈谈我自己。

我发言的题目是《意义的追寻》。我认为中国人早在公元前3世纪或更早，就已经提出“书不尽言，言不尽意”的问题。既然“言不尽意”，那么，圣人的意思，人们又是如何得知呢?《易经·系辞》说：“圣人立象以尽意，设卦以尽情伪，系辞焉以尽其言。”圣人于是创立八卦符号(代表着变动不居的意义的卦象)来表达各种意义，又作系辞，用语言对卦象加以详细解释，以便人们能通过语言了解卦象，通过卦象永了解其所蕴藏的意义。这就是中国人通过言、象来追求意义的最早雏形。言、象是符号，意是符号所表现的，因语境不同而千变万化，水无穷尽的意义。我大致介绍了庄子得意忘象，得象忘言的理论，王弼关于尽意莫若象，尽象莫若言的补充，以及魏晋“言尽意论”、“不用舌论”、“言不尽意论”多种学派的辩论；也谈到佛教禅宗“我向尔道，是第二义”的主张，他们强调“只可意会，不可言传”，话一说出，就受到语言的限制和切割，不再是原意。最后，归结到中国诗歌和诗学对“言外之意”，对尽量扩大字词与读者体味之间的意义空间的追求，并举了一些实例加以说明，如“曲终人不见，江上数峰青”，“千山鸟飞绝，万径人踪灭。孤舟蓑笠翁，独钓寒江雪”之类。总之是从可见的极少字词引向无穷的不可见的意义。

这些议论在中国也算不得很新鲜，但却引起了不少到会学者的兴趣，特别是一些人类学家。最令我高兴的是一些学者以中国的“言—象—意”为例，论证以“多种文化并存”取代过去的“文化封闭”或“文化吞并”，势必带来21世纪人类文化的新发展。从其他一些讨论中，我也深深地感到，21世纪，由于信息和传播媒介的空前发达，更由于人类新观念的空前开阔，长久以来的东、西(即中、外)和古、今(即传统与现代)的二分法很有可能不复再有意义。

中国知识界讨论古、今，中、外的关系已有一百多年的历史，现在看来，这些界限在21世纪也许将不再存在。最“古”的也可能是最“新”的，例如我国最古老的《易经》，目前已成为世界文化讨论中“最新”的内容；一些原以为是“最新”的事物和思想，也许瞬间就变为“陈旧”，如许许多多“一次性消费”的“文化”。这种变化或多或少是源于历史观念的变化。现代历史被二分为“事件的历史”和“叙述的历史”，“事件的历史”绝大部分人都不可能亲身经历，我们所能接触的只可能是“叙述的历史”。叙述必有叙述者，“叙述的历史”也必包含叙述者自身的视角、取舍和阐释，因此，也可以说，一切历史都是现代史。这样一来，线性的、历时性的历史长卷遂即展现为并时性的、诸事纷呈的复杂画面。古代的东西可以以今天的形式表现出来，今天的精神也可栖息于古代的躯壳中。总之，旧的未必即过时，新的也未必一定就好。东、西的关系亦复如此。西方的未必就好、就有用，西方的也未必就坏、就无用，反之亦然。如果我们把小小的地球看做一个整体，排除狭隘的民族主义情绪，摆脱殖民地、半殖民地心态，那么，只要有益于发展自己文化的东西，都可拿来利用，不必拘泥于他的原创者是属于哪一个民族，不必计较它来自东方还是西方，是属于现代还是古代，更不必算计对自己来说自己是“出超”还是“入超”。

有些人总在考虑我们正在讨论的问题是自己提出来的还是西方人提出来的?在我看来，只要问题本身对我们当前的建设有意义，谁提出来并不重要，况且，作为一个大国，我们当然需要参与讨论从世界角度提出来的一些重大问题，如这次在突尼斯讨论的“从不可见到可见”的问题，它确实是有关宗教和文学的一个普遍问题。从话语方面来说，有些人很强调屏除西方的一套名词概念和话语，从自己的本土文化中，重新建构一套新的话语。理由是西方的话语并不适于阐释中国本土的一切。在我看来，这一意愿虽好，却不能不说只是一种空想。首先，所谓本土文化是指哪一时期的文化呢?20世纪80年代?20世纪50年代?20世纪30年代?鸦片战争之前?其次，话语只能产生于较长时期的对话之中，自说自道，恐怕很难产生现代意义上的话语，想要人为地去营造一种本土文化的话语，恐怕不可能。因为，如果是指当代文化话语，那么，在我们的成长过程中，现代精神、西方精神已深深渗入了我们的心智和血液，例如我们都是从学校而不是从私塾培养出来，学的都是声光化电而不只是诗云子曰……期待从我们身上发掘“纯粹”的本土文化，实属不可能。况且，即便有了这样一种在封闭中营造出来的话语，我们又如何用它去和别人对话，去在世界上发挥我们的影响呢?具有反讽意味的是“话语”这个概念本身就是西方传统语言学解体和法国福柯理论发展的产物！我的意思当然不是说现在的话语就已经完美无缺，事实上，世界各地，话语都在飞速地发生变革。我们当然应该在与外来文化的对话中，将本土文化与外来文化结合起来，不断更新我们的话语。

突尼斯会议提出的另一个发人深思的问题，就是关于文化相对主义的讨论。由于日本人类学家稻贺繁美教授提交了一篇关于拉什迪《撒旦诗篇》日本译者五十岚一被杀害的讨论文章，会议遂转向了讨论文化相对主义的极限问题。文化相对主义就是把某种思想或事物放到其自身的文化语境中去观照和评价，反对用他种文化的标准来加以干扰和判断。例如关于人类尸体的处理，中国西藏用天葬的方式，把亲人遗体撕成碎块喂鹰；埃及却将死人制成木乃伊，以求永存。古代中国人坚持“父母在，不远游”，必须“承欢膝下”，孝养父母，以尽其天年；非洲一个部落却将老年父母砍杀，以释放其灵魂，帮助他们转世。在文化相对主义者看来，这些都无可非议，无法评判，而且应该得到他种文化的理解和尊重。问题在于永远如此相对下去，各民族文化之间又如何能够沟通并得到提高呢?我想，非洲杀父母的部落一旦认识了并无灵魂这回事，他们可能就不会再屠杀他们的父母。但是，不杀父母是他种文化的标准，认同这一标准是否违背文化相对主义呢?这就是文化相对主义的两难境地。

我认为把文化相对主义绝对化是不可行的。这样只会导致各民族文化之间的隔绝和封闭，显然与“通过对话沟通，在共同的语境中，多元共存”的总趋势相悖逆。过去，西方文化霸权，以自己的文化标准强加于人，当然是错误的，但人类是否总有可以大体认同的准则呢？例如，人类的某些需要是普遍性的，著名的人类学家列维·施特劳斯说:“人类大脑无论在哪里都具有相同的构造……具有相同的能力。”我同意荷兰佛克马教授提出的关于评断经验理论的三种标准:即与经验现实相适应的标准；与其他理论相契合的标准；研究者普遍认同的标准。这些标准当然都不是绝对的，但可以普遍有效和有用。另外，由于信息、传播事业的发达，各民族文化之间的接触越来越多，不同文化群体之间的共同性也可能逐渐大于传统民族文化的共同体。例如当今中国醉心于摇滚乐的青年群体，他们与同样醉心于摇滚乐的西方青年群体的共同点，显然要大大多于这一群体与国内老战士群体的共同点，至于中国现代青年与明、清时代的中国青年相比，其差异大于今天中西青年之间的差异，那就更不用说了。

参加突尼斯会议的非洲塞内加尔女学者玛梅·库瓦娜作了一个很有趣的报告，她谈的是“妇女是非洲象征的承传者和保护者”。她的报告使我想起了一个问题，那就是一定要把文化传统与传统文化的产品区别开来。建筑、绘画、雕塑、音乐、文学作品，以至饮食、服饰都体现着一定的传统文化，同时也有其时代性，是某一时期，某种传统文化凝聚而成的“产品”，是“已成之物”，而我们所说的文化传统却是看不见、摸不着，不断发展变化，不断生成、更新的“将成之物”，是不断形成着各种文化产品并不断对历史和现实进行着新的阐释的一种根本动力。我认为分清“活的文化传统”和已经凝固的“传统文化产品”是非常必要的。例如在美国的旅游商店可以看到许多本土印第安人的文化产品，但这并不能说明印第安本土文化很发达，相反，印第安传统文化显然正在衰落，它已经不大能赋予印第安民族以新的创造活力。这就是为什么鲁迅一再批判“国学家的崇奉国粹，文学家的赞叹固有文明，道学家的热心复古”的原因。

文化传统总是隐蔽在一个民族的心灵深处，而在不知不觉中形成了不同民族之间的差别。活的文化传统不断在变，但决不是按照那种“肯定—否定”、“正确—错误”的模式在变，而是像一棵大树，不断吸取外在的阳光、空气和水；不断调整自己，以适应外部环境的变化；它的枝叶不断伸展，“今日之树”已不复是“昨日之树”；当然，也有“无边落木萧萧下”的时候，但“落叶归根”又为同一棵树孕育着新的生命。固定“昨日之树”而不精心培植“今日之树”的民族是一个没有希望的民族。例如追求“和谐”是东方各民族共同的传统精神。印度诗哲泰戈尔说：在印度，文明的诞生是始于森林，这种起源和环境形成了与众不同的特质。印度文明被大自然的浩大生命所包围……这种森林生活的环境并没有压抑人的思想，减弱人的活力，而只是赋予人们一种特殊的倾向，使他们的思想在与生气勃勃的大自然产物的不断接触中，摆脱了想在他的占有物周围建起界墙以扩展统治的欲望。他的目的不再是获得而是去亲证，去扩展他的意识，与他周围的事物契合……古代印度林栖贤哲们的努力正是为了亲证人类精神与宇宙精神之间的这种伟大和谐(《人生的亲证》)。追求“普遍和谐”更是中国文化的基本精神。中国传统文化的儒、道、释(主要是中国化的佛教禅宗)三家哲学无不贯穿着“自然本身的和谐”、“人与自然的和谐”、“人与人之间的和谐”、“个人身心内外各方面的和谐”等基本精神。但我认为目前最重要的不是不断重复这些精神，事实上，我们不大可能再去作冥想、“坐忘”的庄子，或作陶渊明那样的隐士，也大不可能去作印度林栖的贤哲(当然也不排斥有的人可以这样作)，最要紧的是赋予这些极可宝贵的传统精神以现代内容，使之能为改进备受工业文明戕害的，人类共居的地球和人类社会关系作出新的贡献。

即将到来的21世纪将是一个文化多元共生的时代。19世纪和20世纪两百年的历史已经雄辩地证明不同民族文化之间的吞并和“统一”都不可能。我们应以更加博大的胸怀来容忍和欣赏不同民族传统文化的特点，在沟通和理解中，共同进步。任何民族无论多么弱小，都有权发扬自己的文化传统，从自己的文化传统中吸取活力，在整个世界文化的交响乐中，和谐地唱出自己的声部，将不可见的精神转化为可见、可触摸的相互理解的联系，那么，亨廷顿教授的文化冲突导致世界大战论，当然也就可以不攻自破了。

# 我与中国文化书院

80年代后半叶，中国掀起了规模空前的文化讨论“热”。这决不是一种偶然现象，而是中国现代化这一历史进程本身所提出的历史课题。在世界文化语境中对中国传统文化的评价，对中国当代文化的分析和对其未来文化的策划与希求，实在是中国现代化进程不可或缺的关键环节。所谓文化热，一般认为有三种不同路向，各以中国文化书院、二十一世纪研究院和《未来丛书》以及《文化：中国与世界》丛刊所团结的一群年轻人为代表。

1984年，中国文化书院在北京成立，我即是首批参加这一组织的积极成员。中国文化书院其实是一个兼收并蓄的多元化的学术团体，以一代学术大师梁漱溟为主席，冯友兰为名誉院长，主要由北京大学的中老年教师组成，但和北大并没有什么组织关系，从一开始就是一个“非政府”的民间组织。书院的宗旨是要建设“现代化的、中国式的新文化”，要在“全球意识的观照下”重新认识中国文化。他们于1987年举办了首届《中外文化比较研究班》，函授学员一万二千余人，遍及全国各省、市、自治区，包括西藏、新疆。四十余名中老年导师多次分别到全国十多个中心城市进行面授，并与学生共同讨论。

我曾于暑假到湖南、四川、湖北参加过三次这样的面授；有些场面令人十分感动，使我至今难忘。每次参加面授的学员，大体都是二三百人，他们大多是中小学教师、中下层干部，特别是文化馆，宣传部的干部，也有真正的农民和复员军人；他们有的从很远的山区或边远小城徒步赶来，扛着一口袋干粮和装着纸笔和几本书的土布书包。他们不愿花钱租一个为他们安排好的学生宿舍床位，就露天铺张草席在房檐下或凉亭里睡觉。我常常和他们聊天到深夜，从他们那学到不少东西。我发现在这些普通小知识分子的心里，传统文化的根很深。这有好也有坏，例如他们大都认为“男尊女卑”，“男主外，女主内”是理所当然，否则就会“乱套”。我和他们讨论过多次，他们仍然认为我说的“男女共同主内，男女共同主外”根本不可行。记得那次在长沙岳麓山岳麓书院面授，我的讲题是“弗洛依德在西方文化发展中的意义”。在朱老夫子的学术殿堂上讲弗洛依德，心里觉得多少有些反讽意味。课后讨论，学员几乎都认为以“超我”的“道德原则”来压抑“自我”的“利害原则”和“本我”的“快乐原则”是天经地义的事，否则就会你争我夺、天下大乱。我深有感触，真正使中国传统文化现代化，谈何容易！

中外文化比较研究班一方面讲中国文化，一方面介绍半个世纪以来西方文化的发展现状。研究班编写出版了《中国文化概论》、《西方文化概论》、《印度文化概论》、《日本文化概论》、《比较方法论》、《比较史学》、《比较法学》、《比较美学》、《比较文学》等十六种教材；除教材外，又编辑出版了导师面授的讲演稿四集，分别为：《论中国传统

1987年第二届中美比较文学双边会议的部分代表，中立者为团长杨周翰教授、加州大学叶维廉教授（摄于洛杉矶）。

文化》、《中外文化比较研究》、《文化与科学》、《文化与未来》，由三联书店出版。除教材外，还有每周的函授周刊。

我的各次演讲中影响较大的是“从文学的汇合看文化的汇合”和“后现代主义与文化的未来”。前一篇讲演直到1993年，还由《书摘》杂志重新刊载，引起一些人的注意。我想这是因为我当时（1986年）特别强调经过长期的封闭，我们急切需要了解世界，更新自己。就拿马克思主义来讲，过去我们理解的马克思主义都是通过苏联，从俄文翻译传到中国，几经删削，其实只剩了《联共（布）党史》中总结的历史唯物主义三条、辩证唯物主义四条。至于德国马克思主义究竟是什么样子，我们确实知之甚微。我们不仅对马克思主义后来在西方的发展一无所知，就是对苏联马克思主义发展现状也知道得不多。例如当时苏联关于日丹诺夫的批判，对一般知识分子来说，也还是封锁的，而日丹诺夫30年代对《星》和《列宁格勒杂志》的错误结论对中国文艺界的影响可以说真是具有灾难性！我认为我们如果不面向世界，特别是今天的世界，对马克思主义也是不能真正了解的。而西方文化也有一个从“西方中心论”解放出来，面向世界的问题。在这一篇讲演中，我谈到20世纪以来，整个世界正在走向新的综合。20世纪，人类第一次从星际空间看到地球，看到人类共居的这个蔚蓝色的小小球体；地球似乎越变越小，十五小时即可到达地球的另一端，坐在电视机旁，所知顿时可达世界各个角落。马克思把人类社会作为一个整体来研究，提出社会发展的五种经济形态；弗洛依德把人类自身作为一个整体来研究，提出意识，潜意识，“本我”、“自我”、“超我”等层次；法国学者德鲁兹认为全体人类的发展都经历过“无符号，符号化，过分符号化，解符号化”等阶段；加拿大社会学家麦克卢汉将人类进化分为“无传播”、“手势传播”、“语言传播”、“印刷传播”、“电讯传播”等过程。这些都是把世界看做一个整体，对之进行宏观的综合分析。在这种大趋势下，任何一种文学理论如果是真正有价值的，就不仅只适合一种民族文学，而且也适合他种文学；文化理论亦复如此。任何一种文化所创造的理论都将因他种文化的接受而更丰富，更有发展。不同文化不仅不会因这种汇合而失去自己的特点，反而会因相互参照和比较而使自身的特点更为突出。

我的另一篇讲演“后现代主义与文化的未来”，目的也在对一个中心，一个观念，一个权威的社会模式进行冲击。我详细介绍了后现代主义所总结的深度模式的消失。也就是说一切“现象”后面并不一定有一个决定它的“本质”；一切“偶然性”后面也不一定有一个产生它的“必然性”；一切“能指”（符号）不一定与其“所指”（符号所代表的意义）固定相连；一切“不确定性”也不可能只产生一种“确定性”。过去，我们常常强调“要看本质，不要只看现象”，因而原谅了很多现象的丑恶；又因为相信“认识必然就是自由”而把你不得不服从的种种，认为是必然，明明被强制了还以为是自由。我认为这种无深度概念的思维模式无疑对人类思想是一种极大的解放。我也谈到后现代社会对于文化领域商品化的批判。他们指责现代资本主义社会甚至连大自然和潜意识的某些方面也都成了商品！“文化商品”成批生产，形成了固定的生活模式。如果说60年代美国的“嬉皮士”们曾抱着对生活的某种理想，反对公式化、程式化的生活；那么，七八十年代的“雅皮士”们的生活目标却是千篇一律：有一个好履历，好收入，小家庭，汽车，洋房，旅游，上饭馆……生活也成了一种“成批”生产的模式。事实上，在后工业社会，生活已经分裂成各种碎块，人们不能不服从这些碎块的存在方式和组合方式。我谈到现代主义时期，人们虽也感到荒谬、焦虑、生活的无意义、异化等，但人还是作为一个整体来感受的，到了后现代主义社会，人的生活是由他人早已精心安排好的，正如假期旅行，下一步作什么早就有了安排，连什么时候看什么戏都是早已安排好的。在这种紧张的“赶日程”中，没有过去，没有未来，只有“现在”这一瞬，而“现在”却是零乱的、分裂的、非中心化的，就像“五十部电视机同时放四部录像带”。

我并不认为因中国尚处于前现代经济状况，后现代主义就与我们无缘。事实上，当今任何地区都不大可能封闭、孤立，不受外界干扰。如上所述，后现代思维方式已经对我们起着很大的作用。我认为中国文化的未来就决定于我们是否能在古今中外的复杂冲突中，正确地以现代意识对中国文化进行新的诠释，所谓现代意识当然就包含了对西方文明的摄取，也包含对后现代思维方式的摄取。要改变中国，要发展经济，首先要改变中国人的精神，使他们从传统的精神负累和精神奴役中解放出来。要达到这一目的，西方新观念的冲击实不可少。当然这种冲击所引起的改变首先是中国的改变，是在中国传统社会中所引起的改变，决不会像鲁迅所讽刺的那样，吃了牛羊肉就变成牛羊的。我对那种鼓吹“返回传统”，以至“否定五四”的主张实不敢赞同；对当时盛行于文艺界的“寻根思潮”也有不同的看法。我对学员们说：“只有已经‘失去’，才有‘寻’的必要。被卖到美洲的黑人要寻他们非洲的‘根’，被放逐而流落异乡的人要寻他们的‘根’，因为他们要返回自己祖先的文化；而我们就生活在这世代相传的土地上，好的、坏的、优秀卓越的、肮脏污秽的，都从那传统的根上生长出来。我们既未曾失落它，也无法摆脱它，还到何处去寻呢？而所谓文化传统，也决非什么一成不变的‘根’，仿佛是什么‘传家宝’，只要拨开迷雾，就能再放毫光！事实上，传统就存在于每一代人的不同诠释中，它不是一种封闭的‘既成之物’，而是开放的、不断变化的、正在形成中的‘将成之物’，换句话说，中国文化就存在于现代人的现代意识之中，并由现代人的诠释和运用而得到发展。如果说现代意识的核心是‘全球意识’，那么，从理论上来说，现代意识本身就包含了某些西方文明，我们以现代意识来重新诠释前人逐步发展起来的传统文化本身就是一个中西文化碰撞交汇的过程。”

我也强调了中西文化交汇的过程中，难免有误读的可能，因为相互理解本身就是一个过程，绝不可能一次完成的；况且我们也不能要求西方人像中国人那样来理解中国文化，反之亦然。历史上，如伏尔泰、莱布尼兹、庞德、布莱希特等都从中国文化中得到灵感并发展出新的体系，他们对中国文化的理解也不见得就那样准确、全面、深入；为什么当我们的青年人从西方理论得到一点启发而尝试运用时，就要受到那样的求全责备呢？其实，如果能从某种文化中看到某一点，有所触动而且生发开去，即便是“误解”，又有什么关系？历史上往往正是某种意义上的“误解”促进了文化的发展，否则就只能是千篇一律的重复；况且谁又敢保证他的理解就一定是“正解”，就那样符合“原意”？“原意”是什么？又如何才能证明呢？

我不仅强调了文化的历时性变迁，也强调了其共时性的多元，无论中西文化都是如此。中国文化不仅有儒、释、道三家，而且还有许多民间的“小传统”。就拿对妇女的态度来说，儒家要求的三从四德模式也许被宣传得很多，但是小说戏剧中真正讨人喜欢的妇女却往往与此相反。《聊斋》中的婴宁、小翠，她们大胆、开放，敢说敢笑，能爬树，会踢球，爱演戏；还有穆桂英，扈三娘等“刀马旦”都是中国戏剧特有的形象；孟丽君、杜十娘更是在很多方面都胜过了男人。西方文化也是复杂多样，多层次的。19世纪以来，千百年发展起来的西方文化同时涌入中国，本是“历时”性的过程不能不被压缩成“并时性”的“纷然杂呈”。我们既不能重复其历史过程，又不能“唯新是骛”，因为新的不一定都是好的或有用的。原则还应是拿来主义，为我所用。我认为我的这些讲演所以受到欢迎，并不一定是因为我有什么深刻独到的见解而是由于我说出了大家想说而又还不大好说或暂时还不大愿意说的话。

在给文化书院的学员面授和函授“比较文学”的过程中，我进一步探索比较文学的一些领域：我颇不愿局限于“X在Y国”或“X”与“Y”

这样的模式，试图在更宏观的规模上进行影响研究。我为1988年在德国慕尼黑召开的国际比较文学学会第十一届年会提交的论文题目是:《关于现实主义的两场论战——卢卡奇对布莱希特；胡风对周扬》。《文艺报》1988 年 8 月以整版篇幅登载了这篇文章，不久，《新华文摘》又进行了转载，随后收入了国际比较文学学会第十一届年会论文集。我主要想说明30年代后半叶发生的这两场有关现实主义的著名论战，一场发生在东欧，一场发生在中国，虽然相距遥远，但却紧相关联。这里既可包含直接影响的研究，也可包含并无直接影响关联的对比性平行研究。

我关于比较文学的研究首先从有实际联系的影响研究入手，这大概与我过去出身于研究文学史有关。但我越来越感到完全没有事实联系的不同文化体系中的文学也有非常重要的比较研究的价值，这些领域深深地吸引着我。1985年，我在为深圳大学主编的一套《比较文学丛书》（10本）所写的《总序》中，提出从文学内容、文学形式、文学发展过程等领域中广泛开展比较文学研究的想法。我为这套丛书所写的《比较文学原理》一书虽然自知力不能及，但仍然是从这几方面去努力的。

从内容方面来说，文学反映人的思想、感情和心理状态。人类共有的欢乐、痛苦和困扰往往可以从全不相干的文学体系的作品中看到。例如自古以来，大量文学作品表现了爱情与政治、或社会、或道德观念的冲突：中国有《长恨歌传》、《长生殿》等作品所写的杨贵妃与唐明皇的故事；日本有《源氏物语》所写桐壶帝与其宠妃更衣的悲剧；罗马诗人维吉尔的十二卷史诗《埃涅阿斯纪》第四卷写迦太基皇后黛朵与埃涅阿斯的生死相恋；英国作家高尔斯华绥的巨著《有产者》写了英国上层社会几代人在爱情方面所遭受的苦难和不幸……当然，由于不同时代、环境、文化、民族心态的不同，共同的主题在不同的作品中有着很不相同的表现，但作者对于这一问题的基本态度——对纯真爱情的同情和对政治社会压迫的抗议则是基本相同的。关于共同主题的研究，在比较文学学科中称为主题学。

主题学是从19世纪德国民俗学者关于神话故事和民间传说的研究中发展起来的，主要研究同一主题在不同社会中的变迁，但这种研究曾被一些比较文学研究者所拒斥；或被指责为缺乏实证的事实联系，或被指责为缺乏对文学性本身的分析。但我认为作家对于主题的选择首先是一种美学决定，这种选择决定着结构的模式，题材的提炼和题材的表现。这牵涉主题如何通过各种艺术技巧被艺术地体现出来；同一主题如何由于不同的艺术表现而形成不同的艺术创作；同一题材又如何由于作者思想的不同深度而提炼出感人程度不同的作品等。如果不把“文学性”的分析仅仅局限为语言分析，那么，这种主题和题材及其艺术表现的分析显然不应被排除在“文学性”分析之外。比较文学中的主题学研究当然是一种跨文化的研究：它研究不同时代、不同文化地区的人何以会提出同样的主题；同时也研究有关同一主题的艺术表现、创作心态、哲学思考、意象传统的不同又如何反映了文化的不同。它还包括主题史的研究，侧重于对各种常见的主题作深入发掘，系统地对其继承和发展进行历史的纵向研究。

在文学形式方面，我对中西文体的发展进行了一些比较研究。世界各大文化体系，大致都能找到诗歌、戏剧、小说三种类型的文体，而小说都是在诗歌、戏剧之后才发展起来的。如果用长篇小说这种文体来作一些对比分析，可以看到中国长篇小说与西方长篇小说显然有不同的发展源流。西方小说从史诗发展为中古传奇（ROMANCE）再发展为长篇小说；中国小说则从大量叙事文体发展为稗史、民间演义等，加上佛经故事和市井短篇小说，逐步演化为长篇小说。但是，中西小说始终保持着一种同步的发展过程。首先，中、西长篇小说的产生都是和都市文化、商业化、工业革命、印刷术发展和教育普及分不开的。西方的情形无须

1992年中国比较文学学会所属后现代研究会主办的研讨会

多说；中国16世纪建立了以银洋为基础的新货币制度，拓展海运带来了新的贸易机会，加速了都市文化的进程，加以印刷业兴旺发达，东南沿海城市成为小说印行的总基地，《三国演义》、《水浒传》、《金瓶梅》等长篇小说遂繁荣兴旺起来。

其次，无论中外，长篇小说的发生发展往往以思想方面的动荡、新思想的产生作为背景。欧洲，十五六世纪，哲学恢复了它的“世俗性”，对自然的观察和实验代替了经院派的繁琐思辨，因果律代替了目的论，理性代替了对权威的盲目崇拜，感性认识受到了空前重视，个性的全面发展成为新的生活理想，并促进人对各方面的研究和探索。中国长篇小说的兴起与思想意识方面的巨大变革也有关系。15世纪以来，从王阳明开始，相信自己，相信良知，反对盲从，不再迷信权威的思潮日益发展，特别是泰州学派把“天理”、“良知”、“圣道”等通俗化为“愚夫、愚妇能知能行的日用之学”。李贽更是提出“颠倒千万世之是非”，“人人可以为圣人”，“童心即真心”等。总之，从王阳明到李贽这百余年间，中国思想界有了很大变化，这种变化显然为《金瓶梅》等长篇小说奠定了思想基础。

最后，无论中西小说都需要采取一种比较自由的语言媒体，以突破少数人对文化的垄断。西方小说自从但丁改用活着的意大利口语写作后，欧洲小说很快就普遍采用了明白易懂的语言来写作。中国的讲史，讲经本来就和民间口语很接近，《金瓶梅》、《水浒传》都采用了远较其他作品更为自由的语文媒体。另外，中西小说在其发展的最初阶段，作品构造的小说世界大都深具批判性，法国的《巨人传》，中国的《西游记》都出现于16世纪，唐僧到西方极乐世界去取经，法国巨人到东方来寻求智慧的"神壶"，无论是前者对西方，还是后者对东方，都是一种对现存制度的否定，对另一种人生的追寻。同时，还可看到很多国家的小说都是从客观世界的描写开始，逐渐转而探求人物性格，生活经验、精神世界等复杂问题。由此可见中西小说发展确有同步的趋势和许多类同的特点。

除了对于文学内容和形式的比较研究外，最吸引我的就是文学的跨学科研究，特别是文学与自然科学的跨学科研究。这是和文学的跨文化研究很不相同的另一种研究。19世纪，进化论曾全面刷新了文学理论、文学批评以及文学创作的各个领域，20世纪，系统论，信息论，控制论，热学第二定律以及熵的观念对文学的影响也决不亚于进化论之于19世纪文学。

总之，我把自己出版于80年代后半叶的两部学术著作《比较文学与中国现代文学》和《比较文学原理》都看做"文化热"的一种结果，因为在我看来，"文化热"的核心和实质就是酝酿新的观念，追求突破，追求创新。一切变革和更新无不始于新的观念。新观念固然产生于形势的需要，同时也产生于外界的刺激，两者相因相成。要促成我国悠久文化的发展新阶段，首先要有不同于过去的新的观念。文化之所以"热"，就"热"在争相酝酿新观念，这就要求人们认真了解近年来世界发生了什么，有哪些新的东西可供参考，又如何为我所用。因此，“文化热”偏重于考察世界，研究中国文化与世界文化的接轨，这一点也就毫不足奇；而我的比较文学之路正是与文化书院的发展相吻合，同时参与了当时热火朝天的文化热的继承与创新。

# 我们的书斋

我们家的藏书在北京大学里虽说数不上状元，但总也能算得上个探花、榜眼什么的。老汤家传的书，除分赠南京大学、武汉大学外，还存一批线装书，但不到我们目前藏书的十分之一。我父亲留给我的书不多，但却有几本相当精彩：

如一卷敦煌写经，那是他20世纪20年代在北大念书时，从皇宫附近一个卖破烂的小摊上买来的，也不知是真是假；另外还有一本明版的《牡丹亭》，这是他送给我和老汤的结婚礼物。另外，解放前夕，没人读书，更没人买书，甚至没人要书，老汤乘机很买进了一批他喜欢的珍贵书籍。20世纪80年代初，我们在美国和香港，几乎把赚来的外汇都买了英文书和台湾书。此外，就是陆续买进的国内出版的各种书籍了。反正我学文学，他学哲学，历史是我们都需要的。于是，凡有文、史、哲的新书，好书，我们就都想买。钱不多，也常为买文学书还是哲学书的问题吵架。后来，孩子大了，负担轻了，钱也多了一些，买书就不免随

书房一角

心所欲起来，送书的人也越来越多，我们的书也就源源不绝。

这么多书，往哪里摆?“文化大革命”，我们被轰出燕南园，在中关园一住就是30年。先住35平方米和人分住的小平房，后住50平米左右的楼房，我们家的空间几乎全被书籍占满了。四壁全是顶天立地、里外三层的厚木书架。书，先是立着放，后是横着摆，再后来，就摞成一堆一堆，塞满了书架的全部空间!

当然，我和老汤都愿意把自己爱用和常用的书放在显眼、好拿的地方，可是这种地方有限，该放谁的书呢?在这种争执中，我常常打胜仗，因为，第一，他个儿高，我个儿矮，他得让我三分；第二，我很少看哲学书，他却常看文学书籍，从利用频率来看，哲学也该让着文学；第三，我会耍赖皮，他拿我没有办法。这样一来，他的书大半被驱逐到了非用梯子拿不到，非搬开前两层瞧不见的“流放地”。他这个好脾气的人有时

乐黛云与汤一介，1978年。

也难免发牢骚，嘟囔几句：“这么难找，还不如到图书馆去借呢！”我也有点为我的跛扈惭愧，但也无法可想；况且，我还有一道挡箭牌：“我早就说‘处理’掉一批，谁叫你不听？”

老汤真是一个嗜书如命的人，一本破书也不舍得扔。他总认为哪一本书说不定什么时候就会成为“世界唯一”的珍品。说也奇怪，我们家历经劫难，书的损失却说不上惨重。除了老先生一辈子珍藏的许多成套佛经在“文化大革命”中每函被红卫兵抽一本去检查，从此杳无音信外，就是我们在最穷的时候(穷到四个人吃一枚鸡蛋)，卖掉了一套武英殿版的《全唐文》。记得卖了600元人民币，很救了燃眉之急。老汤对此念念不忘，总说这是老先生省吃俭用，好不容易买来的；我永远不会忘记他呆呆地看着那一格空荡荡的书架时满脸的凄惶。后来，他一直想把这套书重新买回来，但几十倍的价钱也买不回来了，只好买了一部铅印本。

未名湖：雪趣

托改革开放之福，我们终于搬到了较为宽敞的朗润园。虽然使用面积仍不过80平方米，但我们兴高采烈地计划着如何从“坐埋书城”一跃而为“坐拥书城”！装修时，我们将两个大房间的六面墙全都装成下接地板，上接天花板的书架，大部分单层，小部分双层；又按书册大小将书架设计为高低不同的许多书格，以便不留缝隙地占满全部空间。这回，他的书占一间房，我的书占一间房，似乎应该不再有什么矛盾。然而，事与愿违，当全部书架都被堂皇的大书占领后，纸箱里却几乎还有一半书籍无处容身！真没想到原来三层排列的书，一旦排成单列，却还剩余如此之多！幸而我们住在中关园时曾经租了园内一间小空屋堆放杂志，现在只好把放不下的书全往那里堆，堆不下的则借放在文化书院的办公室！

总而言之，我们的书越来越多，有增无减。我总担心会压垮书架，压坍楼板（我们住在二楼）！况且医生多次说过，旧书散发出来的气味对人体健康不利，对老汤这样的心脏病人尤其有害。然而，我们不能没有书！我们既不能卖书，又不能扔书，甚至也不能不买书，奈何？！

治贝子园——北大校园的最后一座皇家故园就要被拆迁了！环绕着它的五棵百余年老树（其中一棵树龄在二百岁以上）也要被移往他处！北京大学决定在这里修建一座乒乓球馆以迎接2008年的“人文奥运”！

# 美丽的治贝子园

北大校园曾有过好几处清代皇家园林，如皇族诗人奕譞在此吟诗作画的鸣鹤园，现在除了一块小小的石碑，一湾小小的石桥，早已全无踪影。人世变迁，沧海桑田，本是常情，但偏偏有不甘于历史湮灭的人，如美国威斯里安大学的舒衡哲教授，对此多方考察，追述了鸣鹤园从皇族故居，演变为“文化大革命”时期关押北大教授的“牛棚”，再演变为今天由美国人出资修建的赛格勒博物馆，穿插着奕譞思考人生，点染景色的诗歌，成就了一本厚厚的英文书，书名就是《鸣鹤园》。

目前幸存的治贝子园的命运似乎比鸣鹤园稍强一些。治贝子园是工部尚书苏楞额在嘉庆二十二年（公元

鸣鹤园：水榭

赛格勒考古与艺术博物馆

北大校园曾有过好几处清代皇家园林，如皇族诗人奕譞在此吟诗作画的鸣鹤园，现在除了一块小小的石碑，一湾小小的石桥，早已全无踪影。人世变迁，沧海桑田，本是常情，但偏偏有不甘于历史湮灭的人，如美国威斯里安大学的舒衡哲教授，对此多方考察，追述了鸣鹤园从皇族故居，演变为“文化大革命”时期关押北大教授的“牛棚”，再演变为今天由美国人出资修建的赛格勒博物馆，穿插着奕譞思考人生、点染景色的诗歌，成就了一本厚厚的英文书，书名就是《鸣鹤园》。

1817年）建造的，时称 “苏大人园”或“苏园”。清代著名诗人龚自珍与苏楞额之孙兰汀郎中交往甚密，曾游览并寓居园中，著有《题兰汀郎中园居三十五韵》及《寓苏园五日诗二首》。他在诗中曾描写苏园位置，并盛称苏园之美。他说：“园在西淀圆明园南四里，淀人称曰苏园”，“园有五百笏，有木三百步。清池足荷芰，怪石出林里。禁中花月生，天半朱霞曙。”足见苏园当时的美丽和规模。同光年间，道光皇帝长孙载治封贝勒，得苏园，遂改称治贝子园。后来，此园传给载治长子溥伦。溥伦曾首次率中国代表团赴美参加世博会，并于1907年与京师大学堂（北大前身）创办人孙家鼐同任资政院总裁。他在治贝子园中，常聚众习武练功，有书记载，太极拳经其扶植，才从陈家沟扎根于北京，并由此辐射全国。如今太极拳列入奥运项目，治贝子园正是其发祥故园。

载治第五子，袭镇国将军的溥侗酷爱艺术，是著名的京剧、昆曲艺术教育大师、文物专家、音乐家、清华大学国学院导师。他曾与严复共同创作了中国历史上第一首国歌“巩金瓯”。载治死后，治贝子园为溥侗所有，他在这里组建了演习京昆的戏班，修建了演出的大舞台，成为当时文人雅士京剧昆曲艺术的活动中心。故治贝子园又称“红豆馆”，在中国戏剧史上具有重要影响。

20世纪50年代后，园中的建筑多遭毁坏，该园仅存的“后殿”先后成为北大的体育器材室、学生食堂、木工车间、堆放杂物的仓库等，后来又拆毁了大戏台，改建成游泳池，记得在修建过程中，还挖出一个女性骷髅，人们说是一位公主。总之，昔日的辉煌早已成为记忆。

1995年仲夏，北京大学中国哲学与文化研究所经过著名学者台湾大

美丽的治贝子园

学陈鼓应教授的奔走，出于对中国文化的热爱，一位台湾中学校长，出资20万美元，重新修缮了治贝子园原址，成为面向国内外弘扬中国文化的人文教室。凡是来过治贝子园的中外学人，无一不对这座体现着中国建筑艺术，洋溢着人文书香的四合院赞誉有加。一位法国雕塑家还曾建议在院中修筑一座小型艺术雕塑，和他在美洲、欧洲的类似创作相呼应。

难道美丽的治贝子园——北大校园的最后一座皇家故园真的即将随鸣鹤园而去，从此永远湮灭吗？2004年2月9日，季羡林、侯仁之、张岱年、吴良镛等文化耆宿、专家联名致信给有关部门："治贝子园距今已有200年历史，是一座典型的清代园林建筑。它的价值不仅体现于建筑形式，也体现于该园在其历史变迁中所嵌刻的时代烙印，及其所凝聚的历史人物活动和人文艺术景观；其所蕴涵的历史文化和文物信息非一般古

安静的治贝子园与一墙之隔的奥运场馆宛如两个世界

建房屋可比，如果拆迁，将是北京的一大损失，也是历史的一大损失。哪怕在异处仿建十座，也无法弥补。因为仿建最大的不足，是历史的失真。这一失真的本质与历史家伪造历史或艺术家创造赝品一样，是没有任何历史和艺术价值可言的。我们强烈呼吁：为后人负责，为历史与艺术负责，为中华民族的文化负责，勇敢地承担起保护治贝子园的责任！乒乓球馆的建设用地可以有选择余地，而治贝子园一旦拆除，将永远不能复原”！

中国文化最顶尖的人们都在为治贝子园说话了，也许，他们能改变这片故园的命运！？

注：由于许多老教授的呼吁，治贝子园存留下来了。对于他们积极保护文物的行为，北京市文物局还写了一封诚挚的表扬信。

# 忧伤的小径

要说描绘燕园之美，我想当今是没有一个人能赶得上季羡林先生的了。在先生笔下，燕园的美实在令人心醉："凌晨，在熹微的阳光中，初升的太阳在长满黄叶的银杏树顶上抹上了一缕淡红"；暮春三月，办公楼两旁的翠柏"浑身碧绿扑人眉宇，仿佛是从地心深处涌出来的两股青色的力量。喷薄腾越，顶端直刺蔚蓝色的晴空"。两棵西府海棠"枝干繁茂，绿叶葳蕤"，"正开着满树繁花，已经绽开的花朵呈粉红色，没有绽开的骨朵呈鲜红色，粉红与鲜红，纷纭交错，宛如天半的粉红色彩云"；我最喜欢的是先生笔下的二月兰！二月兰是一种常见的野花，花朵不大，紫白相间，花形和颜色都没有什么特异之处。然而，每到春天，和风一吹拂，校园内，眼光所到处就无处不有二月兰在。这时，"只要有孔隙的地方，都是一团紫气，间以白雾，小花开得淋漓尽致，气势非凡，紫气直冲云霄，连宇宙都仿佛变成紫色的了。"

先生居住在未名湖后湖之滨的朗润园多年，每天在这沿湖的小径上

1985年与中国比较文学创始人之一季羡林教授在中国比较文学学会成立大会上

散步，欣赏着四周美丽的景色。1997年，我也从中关园搬来，成了先生的近邻。但我已无缘再看到当年先生所写的美景。两棵“枝干繁茂，绿叶葳蕤”的西府海棠早已不见踪影。曾经“气势非凡，紫气直冲云霄”的二月兰，也是越来越少，如今只剩下稀稀落落的几小丛，散布在瘌痢头一般的荒草地上。原因是随便进入北大校园剜野菜的人太多了，吃野菜也是时尚！二月兰首当其冲。它碧绿鲜嫩，又常是成片生长，便于人们一网打尽！

先生旧居就在未名湖后湖。这里每到春天，只见杂花生树，杨柳依依。沿湖幽深处，本来散放着三只绿色座椅，椅上常散落着太阳和月亮随意挥洒的点点树影，摇人心魂。如此美丽的去处，每当“月上柳梢头”，自然就会有“人约黄昏后”。青春时节的少男少女，逢此佳境，也难免会有搂搂抱抱的亲昵。住在二楼的某领导，每当推窗远眺，就会看到此情此景。他对此颇不以为然，“看不惯”，终于下令将三只座椅连根拔去，以便“眼不见，心不烦”。我们迁入朗润园时，还能见到拔除座椅后剩下的碎石。

从这里往西走几步，便是先生经常散步的那条幽径。幽径入口处，是一座神秘的小屋，小屋四周被杂乱的野草和竹树缠绕。自我们搬来后，这里从未见门窗打开，也从未见主人出入。后来才知道这里住的是德语系的一位德籍女教师。她在中国多年，却并无亲朋好友。她得病多年，后来成了植物人，孤独一人，在此疗养，只有一个50来岁的女佣照顾她的生活。直到2006年，有一天，看见几个工人打扫庭园，修剪竹木，后

忧伤的小径

来又有人来装修房屋，还在门庭两旁各放了一个石雕，高脚石盘上，塑有长翅膀的小爱神雕像。不懂的人竟说这活像两个带扶手的石头马桶。原来，德籍女教师已在不知不觉中，不声不响地逝去；房子不知怎么落在一位风雅之士的手里。他执意要把这个幽静的小屋打造成中西合璧，卓尔不凡的居所。

沿小径西行不远，就是先生最留恋难忘、多次写到的那棵古藤萝生长的地方。这棵古藤萝，“既无棚，也无架，它是以它苍黑古劲，像苍龙般的粗干，攀附邻近的几棵大树，盘曲而上”。然而，有一天，就是这棵曾经“笑傲未名湖幽径”的古藤萝，突然被不知什么人，从下面拦腰砍断，原来凌空的虬干，在风中摇曳，如先生所写：“藤萝初绽出来的一些淡紫的、成串的花朵，还在绿叶丛中微笑……不久就会微笑不下去，连痛哭也没有地方了”。直到今天，我们始终不知道这棵古藤萝何时被砍去，为什么被砍去，但我们还能寻觅到它曾经存活的地方，那就是幽径急转弯的小桥头。我时常感念这个45度的急转弯，它使得所有大小车辆无法驶进这条幽径！曾经有过两次，华丽的小轿车不听招呼，硬闯进来。结果就是在这小桥头，转不过弯来，仓皇落水。由于地方过于逼窄，虽调来了起重机、拖拉机等，还是很费了一番周折。惹得邻近的孩子们都跑来看热闹，幸灾乐祸，拍手称快。此后，再没有车辆敢肆意闯进这片宁静的圣地。

过了小桥，温特先生的住处就在眼前。我认识温特先生还是在刚到北京的1948年，当时他在清华大学外文系教书。一个清华同学将我带到他家，他常常请两三位年轻人到他家喝“下午茶”，品尝一小杯咖啡，吃一两片饼干，无拘无束地聊上个把小时。这是英国人的传统，也是温特先生的生活方式。院系调整，迁入燕园后，我就再也没有去过他家，只知道他住在朗润园，有一个校工的家庭住在他主宅的耳房里，照料他的

温特先生的旧居

生活起居。我偶尔曾从这里走过，只见门前宽阔的草坪，绿草如茵，周边几棵挺拔的劲松，掩映着整洁的竹林。他在这块风水宝地，一直单身活到90多岁。让人们记忆最深的是：七八十岁高龄的他，还几乎天天到颐和园游泳。他擅长仰面躺在湖水上，交叉双脚，面对蓝天白云；碰巧还会有一只蜻蜓颤巍巍地叮在他脚尖的大拇指上，也算昆明湖一景。温特先生故去后，这里被一个不知是什么机构占领，庭院早已失修，门口的垃圾箱起过一次火，破烂不堪，垃圾腐烂的臭味，弥漫四方；白色、黑色的塑料垃圾袋高高飘扬在周围的树梢上！后来，这个机构有了更好的去处，也已迁出。一年多来，温特先生的旧居空无一人，

破烂的房屋

绿草如茵的草坪早已成为堆放沙石木料的场地，一人高的荒草四处丛生！记得一次黄昏时分，路过这里，月色明暗中，突然从黑洞洞的空房里传来幽幽的笛声。大约是有人在此寂静中练习吹笛罢，但听起来总觉毛骨悚然，不能不想起《聊斋》中描写的那些出入于荒坟野地的狐狸精。

转过温特先生的旧居，就可以看见三面环水的邓以蛰先生的家了。邓以蛰先生是闻名中外的美学家，与宗白华齐名，曾有“南宗北邓”之称。当年迁入燕园，他就选中了这处古旧、破损但却仍然十分优雅的住处。我的婆母汤用彤夫人和邓家是世交。1939年，她曾只身一人，带着邓家的一对儿女，和自己的孩子一起，万里跋涉，从沦陷区北平，途经香港、河内，到达昆明。邓家的儿子就是后来为中华民族作出巨大贡献的“两弹之父”——邓稼先。我偶尔和婆母一起去拜访邓家二老，印象最深的是迎面扑来的荷叶清香，和临湖的一段朱漆剥落的栏杆。邓老夫人常在这里凭栏远眺，盼望着儿子回家。由于工作需要，多年来，他们很少见面，也不知道儿子在作什么工作，究竟身在何方！二老就在这碧水环绕，荷叶飘香的幽境里老去。之后，这里成了再无人住的“危房”，碧绿的湖水也早已干涸。直到前年，才有一位有钱人出资重建。虽说仍是朱漆绿窗、灰墙环绕，但早已失去原来的韵味，只能给人一种假古董的感觉了。

2005年，学校得了外国人资助，决定建立高等数学研究所，并乘势拆除了朗润园、镜春园的一大片古式建筑，只是至今还未见什么动工的痕迹。这片房屋曾居住过陈岱孙、宗白华、唐钺、胡宁等名家；在沿后湖的公寓里居住的周一良、李赋宁、邓广铭、陈贻焮等老教授也时常沿着小径在这一带散步流连。如今，人去楼空，这些老先生多已故去，这里只留下齐人高的荒草和在草丛中奔窜嚎叫的“流浪猫”。

小径附近唯一“修成正果”的是我的老师王瑶先生的寓所——镜春园52号。“文化大革命”中，王瑶先生先从中关园被“扫地出门”，挤在成府蒋家胡同临街的一间小屋里；后来按照毛主席说的，这些人“可以养起来”的最高指示，他分到了朗润园小街与小径交界处的一座四合院。虽说院内的东西厢房都由别人占据，比较嘈杂，但究竟比过去宽敞多了。但先生似乎不太喜欢这里，他始终郁郁寡欢，特别是1989年前后。不久，先生就离开了人世。

先生去世后，这里成了北大教育基金会的办公地点。基金会是北大比较富裕的单位，四合院翻修一新，每个房间都装了空调，清洁整齐；只是和周围的荒芜相比，不免总觉有些突兀。但愿雄踞在大门两边的大石狮子，总有一天不再日夜瞪视着这小径的荒凉，而是迎来一片新的繁荣！

北大教育基金会，正房西侧曾为镜春园52王瑶先生的故居。

# 献给自由的精魂

## 我所知道的北大校长们

北大自由精神的奠基者蔡元培校长早就指出："大学不是养成资格，贩卖知识的地方"，也不只是"按时授课的场所"，"大学也者，研究学问之机关"，"大学生当以研究学术为天责"，学者更"当有研究学问之兴趣，尤当养成学问家的人格"。他抱定学术自由的宗旨，在北大实施了一系列改革。正如梁漱溟先生所回忆："他从思想学术上为国人开导出一新潮流，冲破了社会旧习俗，推动了大局政治，为中国历

北大自由精神的奠基者蔡元培校长

史揭开了新的一页。”梁先生特别强调这一大潮流的酿成，“不在学问”，“不在事功”，而在于蔡先生的“器局大”和“识见远”。所以能“器局大”、“识见远”，又是因为他能“游心乎超实用的所在”，这个“游心乎超实用的所在”讲得特别好。

大凡一个人，或拘执于某种具体学问，或汲汲乎事功，就很难超然物外，纵观全局，保持清醒的头脑。中国知识分子素有“议面不治”的传统，一旦转为“不议而治”，那就成了实践家、政治家，而不再是典型的知识分子。法国社会学家艾德加·莫林(Edgar Morin)认为可以从三个层次来说明知识分子一词的内涵：一、从事文化方面的职业；二、在社会政治方面起一定作用；三、对追求普遍原则有一种自觉。“从事文化方面的职业”大约就是马克思在《剩余价值论》中所讲的“精神生产”；“在社会政治方面起一定作用”就是构筑和创造某种理想，并使它为别人所接受。卡尔·曼海姆(Karl Mannheim)认为，理想可以塑造现实，可以重铸历史，对人类社会发展具有实际影响。“自觉追求普遍原则”就是曼海姆所说的，知识分子应保留一点创造性的不满的火星，一点批判精神，在理想与现实之间保持某种“张力”。也就是如连·本达(Julien Benda)所说的，知识分子理想的绝对性禁止他和政治家难以避免的半真理妥协，和塔柯·帕森斯(Tacott Parsons)所说的“把文化考虑置于社会考虑之上，而不是为社会利益牺牲文化”。列宁认为“社会主义学说是由有产阶级出身的、受过教育的知识分子所制定的哲学理论、历史理论以及经济理论中长成的”，它是知识分子长期精神生产的结果，而不是暂时的政治斗争的产物。

北大的校长们，很多都曾有过不和“政治家难以避免的半真理妥协”的经验，他们总是敢于“在理想与现实之间保持某种张力”。直到今天，每当我们困扰于计划生育的两难境地，我们总是不能不想起马寅初校长

马寅初校长

和他的《新人口论》。1957年马校长将他多年来思索的结晶《新人口论》按正规手续提交一届人大四次会议，指出控制人口十分迫切，十分必要。他语重心长地警告说："人口若不设法控制，党对人民的恩德将会变成失望与不满。"回答他的是百人围剿，他十分愤慨地写了《重申我的请求》一文，鲜明地表现了一个杰出知识分子坚持真理的悲壮之情。他说："我虽年近八十，明知寡不敌众，自当单身匹马，出来应战，直致战死为止，决不向专以力压服，不以理说服的那种批判者们投降。"如果马校长当时所面对的政治家多少能听取一点不囿于眼前实利而从长远出发的真知灼见，马寅初对中国社会文化的贡献将无可估量。马寅初所以能高瞻远瞩，从某种程度来说也正因为他不是一个实行者，他只是一个知识分子，他的位置是议而不治。这就保证他可以摆脱一些局部和暂时利益的牵制，

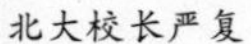
北大校长严复

严复所考虑的是更深的文化关切。他超越了“师夷长技”的“言技”阶段，并提出当时盲目移植西方政治制度的做法有如“淮橘为枳”，不能真收实效。因为“苟民力已恭，民智已卑，民德已薄，虽有富强之政，莫之能行”。故要“自强保种，救亡图存”，不能只是“言政”，还要从根本做起，即“开民智，奋民力，和民德”，以教育为本，也就是从文化方面来解决问题。

不需要屈从于上级而以自己的独立思考和智慧造福于社会。相反，北大也有些校长，他们同时是朝廷重臣，如孙家鼐，他虽有开明的思想，也有重振国威、兴办教育的志向。但他毕竟是“官”，所以和康有为、梁启超不同，终于不能越政府的“雷池”。严复，这位向西方寻找真理的先进中国人被袁世凯拉入政府，脱离了“议而不治”的地位，就无可避免地屈从于实际政治，卷入复辟逆流。作为知识分子的杰出代表，北大的大部分校长都是“把文化考虑置于社会考虑之上”，对于文化都怀着极深的关切。九十年来，再没有比中西古今之争这个百年大课题更引人注目，更得到全国关切的文化问题了。如果说孙家鼐囿于他的地位，只是把中西文化关系局限在“中学为主，西学为辅”的层次上，那么，严复提倡的却是“非西洋莫以师”。他的《天演论》之问世，如“一种当头棒喝”、“一种绝大刺激”以致“几年之中，这种思想像野火一样延烧着许多少年人的心和血”。严复所考虑的是更深的文化关切。他超越了“师夷长技”的“言技”阶段，并提出当时盲目移植西方政治制度的作法有如“淮橘为枳”，不能真收实效。因为“苟民力已恭，民智已卑，民德已薄，虽有富强之政，莫之能行”。故要“自强保种，救亡图存”，不能只是“言政”，还要从根本做起，即“开民智，奋民力，和民德”，以教育为本，也就是从文化方面来解决问题。

胡适进一步把中西文化关系放进时间的框架来考察。他认为“文明是一个民族应付环境的总成绩，文化是一个文明形成的生活方式”。因此，“东西文化的差别实质上是工具的差别”。人类是基于器具的进步而进步的。石器时代、铜器时代、钢铁时代以及机电时代都代表了文化进化的不同阶段。西方已进入机电时代而东方则犹处于落后的手工具时代。西方人利用机械，而东方人则利用人力。他尖锐地指出：“东洋文明和西洋文明的界限是人力车和摩托车的界限。”工具越进步，其中包含的精神因素也越多。摩托车、电影机所包含的精神因素要远远大于老祖宗的瓦罐、大车、毛笔。“我们不能坐在舢板船上自夸精神文明，而嘲笑五万吨大轮船是物质文明。”胡适认为中西文化的差别首先不是地域的差别而是时代的差别，也就是进步阶段的差别。因此中国传统文化需要进行根本改造与重建，以便从中世纪进入现代化。

梁漱溟先生

梁漱溟不仅从纵的历时性角度来考察中西文化，而且第一次从西方、印度、中国三种文化系统的比较中，从世界文化发展的格局中来研究中国文化。他认为这三种文化既是同时存在而又是递进发展的。西方文化取奋身向前、苦斗争取的态度，中国文化取调整自己的意欲，随遇而安的态度，印度则取“销解问题”，回头向后的态度。梁先生认为西方文化已经历了它的复兴，接下去应是中国文化的复兴，然后是印度文化的复兴。三种文化

汤一介（中）与父亲汤用彤先生，1962年。

各有特点，同时也代表着人类文化发展的三个阶段。中国文化应在自己的基础上向西方已经到达的那个阶段发展，因此对西方文化的态度应是“全盘承受而根本改过”。西方文化则由于第二阶段发展不充分，出现了种种弊病，应回头向中国文化学习、补课。

从世界格局来研究中国文化就有一个相互交流的问题。汤用彤先生特别强调了文化交流中的“双向性”。他认为两种文化的碰撞决不可能只发生单向的搬用或移植。外来文化输入本土，必须适应新的环境，才能在与本土文化的矛盾冲突中生存繁衍，因此它必然在某些方面改变自己的本来面貌；另一方面，在这个过程中，它又必然被本土文化吸收融合，成为本土文化的新成分。无论是外来文化还是本土文化都不可能保持原状而必融入新机，这就是文化的更新。汤先生以毕生精力研究了印度佛教和中国文化的关系，处处证实了“印度佛教到中国来，经过很大的变化，成为中国佛教，乃得中国人广泛的接受”。他将这一过程归结为：因看见表面的相同而调和，因看见不同而冲突，因发现真实的相合而调和三个阶段。这三个阶段既是同时的先后次序，也是一般的逻辑进程。汤先生毕生从事的魏晋南北朝佛教史和魏晋玄学的研究都可视为这一结论的印证。直到如今，这一论断仍不失为有关中外文化沟通汇合的真知灼见。

文化传统就是这样在不断吸引、变化和更新的过程中发展的。这是一个动态的过程。任何文化传统都不是固定的，已成的(things become)，而是处于不断形成过程之中(things becoming)。它不是“已经完成的已在之物”，只要拨开尘土就能重放光华；更不是一个代代相传的百宝箱，只消挑挑捡捡，就能为我所用。传统就是在与外界不断交换信息，不断进行新的诠释中形成的，传统就是这个过程本身。如果并无深具才、识、力、胆的后代，没有新的有力的诠释，文化传统也就从此中断。

季羡林先生最近对这个问题进行了深邃的思考和精到的发挥。他在《传统文化与现代化》一文中指出，传统文化代表文化的民族性(我认为这就是上述文化传统形成过程中积淀下来并不断发展的某些因素——笔者)，现代化代表文化的时代性。一切民族文化都需随时代发展而更新。季先生认为这二者相反相成，不可偏废。现代化或时代化的标准应是当时世界上文化发展的最高水平，任何文化的现代化都必须向这一最高水平看齐。因此，现代化与开放和交流密不可分。在这个过程中，正如汤用彤先生所论证，外来文化必有改变，传统文化也必得更新。二者都不

季羡林先生

可能原封不动，否则就只能停滞和衰退。季先生认为我国汉唐文化的繁荣，其根本原因就是一方面发展了汉民族的传统文化，一方面又大力吸收了外国的物质和精神文明并输出我国的传统文明。反之，清朝末年的保守派一方面对传统文化抱残守缺，一方面又拒绝学习国外先进的东西，畏惧时代化和现代化，结果是国力衰竭、人民萎缩。未来的希望就在于赶上当前世界文化发展的最高水平，并在这一过程中对过去的文化进行新的诠释。

回顾过去历届北大校长对文化问题的看法，对我们今天有关文化问题的讨论仍是极好的借鉴。

北大的自由精神容纳了人们对真理的追求，容纳了几十年人们对文化问题的自由讨论，同时也容纳了个人人生信念爱好的不同。“物之不齐，物之情也”。蔡元培时代的北大就容纳了许多完全不同的人物。正如马寅初校长所回忆：“当时在北大，以言党派，国民党有先生及王宠惠诸氏，共产党有李大钊、陈独秀诸氏，被目为无政府主义者有李石曾氏，憧憬于君主立宪，发辫长垂者有辜鸿铭氏；以言文学，新派有胡适、钱玄同、吴虞诸氏，旧派有黄季刚、刘师培、林损诸氏。”这些人都可以保留自己独特的思想和信念，不必强求统一。正是这种不统一，才使蔡元培时代的北大如此虎虎有生气。“不同”、“不统一”，保存自身的特点，维持相互的差异对于事物的生存和发展十分重要。

季先生认为我国汉唐文化的繁荣，其根本原因就是一方面发展了汉民族的传统文化，一方面又大力吸收了外国的物质和精神文明并输出我国的传统文明。反之，清朝末年的保守派一方面对传统文化抱残守缺，一方面又拒绝学习国外先进的东西，畏惧时代化和现代化，结果是国力衰竭、人民萎缩。未来的希望就在于赶上当前世界文化发展的最高水平，并在这一过程中对过去的文化进行新的诠释。

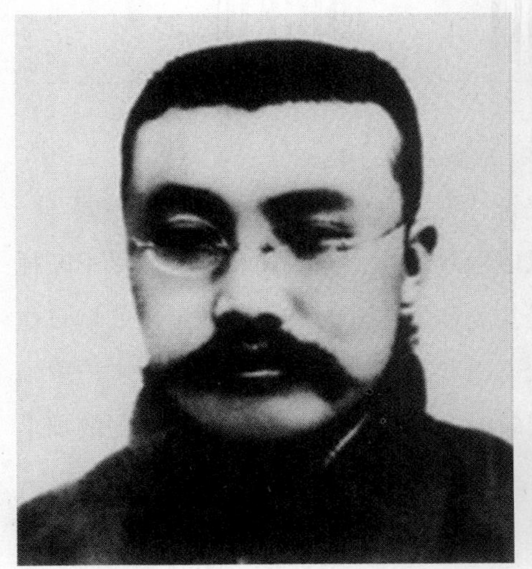

李大钊

陈独秀

季先生认为我国汉唐文化的繁荣，其根本原因就是一方面发展了汉民族的传统文化，一方面又大力吸收了外国的物质和精神文明并输出我国的传统文明。反之，清朝末年的保守派一方面对传统文化抱残守缺，一方面又拒绝学习国外先进的东西，畏惧时代化和现代化，结果是国力衰竭、人民萎缩。未来的希望就在于赶上当前世界文化发展的最高水平，并在这一过程中对过去的文化进行新的诠释。

第二次世界大战后，世界文化发展的总趋势就是全球意识背景上的文化多元发展。这是世界进入信息时代，帝国主义垄断结束的必然结果，也是20世纪后半叶无可抗拒的时代特征。特别是与进化论相对的耗散理论，熵的概念的提出，更是在今天的西方世界形成了一种对模式化、一元化、“无差别境界”的深刻恐惧。熵的理论认为在一个封闭系统里，能量水准的差异总是趋向于零。例如不同平面的河水，可以利用落差驱动水轮，可以发电，这是有效的、自由的能量；一旦落差消除，水面平衡，九十年来，北京大学的校长们，从已故的蔡元培、马寅初、翦伯赞到仍健在的季羡林都曾为维护这种独特性、创造性，不苟同、不随俗而付出过昂贵的代价直到生命。他们是自由的精魂，他们的功业将没世永垂。

---

能量就转为无效和封闭。这就是说，无差别的、封闭性的一种模式、一个体系、一个权威，即一元化只能导致静止、停滞和衰竭。能量不断耗散而趋于混沌一致的过程也就是作为衡量这一混沌程度的单位的熵日益增大的过程。只有形成开放系统不断和外界进行信息交换，力求追取独特、差别和创新才有可能维持生命活力而不至于成为庄子所描写的那个无“七窍”，不能“视听食息”的名叫浑沌的怪物。如果事物越来越统一，熵越来越大，人类就会在一片无争吵、无矛盾的静止、混沌之中沉入衰竭死寂。因此，人们把刻意求新，不断降低“熟悉度”，追求“陌生化”的作家称作“反熵英雄”。“四人帮”统治下的北大追求所谓认识统一、思想统一、行动统一等五个统一，和蔡元培所开创的自由精神背道而驰，结果是扼杀了创造性，戕灭了生机。一切归于一致，也就归于静止衰竭。九十年来，北京大学的校长们，从已故的蔡元培、马寅初、翦伯赞到仍健在的季羡林都曾为维护这种独特性、创造性，不苟同、不随俗而付出过昂贵的代价直到生命。他们是自由的精魂，他们的功业将没世永垂。

目前，一个新的历史时期正在我们眼前展开。面向世界，面向现代化，面向未来的方针为我们古老的民族注入了无穷的生命力：开放搞活的政策为彻底摧毁昔日“万喙同鸣，鸣又不揆诸心”的封闭体系提供了最有力的武器。正是在这样全民共振奋的形势下，北大当任校长率先提供了把北大建设成世界第一流大学的壮志宏图，果真如此，则今日北大人将无愧于往昔自由精神之前驱。

值此北大校庆九十周年之际，谨以中国文化书院之名义，将这本小书奉献于已故的，在世的，方生的和未生的北大之魂。

# 怀念马寅初校长

我曾经有幸和马寅初校长作了数年邻居，常常看见他在林木茂密的燕南园庭院中漫步。已是70余岁高龄了，他仍然满面红光，十分硬朗。当时我还正青春年少，以为前途满是鲜花绿草，很有一点“直挂云帆济沧海”的心境。没有想到历尽坎坷，“一不小心”自己也“70高龄”了。这时经常萦绕于我心的是两位长者的形象：一位是我一向心仪的季羡林先生，另一位就是马校长。

记得我70岁退休，第一次拿到退休工资时，想到我已不再是教师，不再有自己的学生，回首从教50年，真如我的老友彭兰同志的诗：“三十余年转眼过，事业文章两蹉跎”，心里不免有点凄凄惶惶。季先生很理解我的心情，他安慰我说，70岁是人生的另一个新起点。他告诉我他自己的许多书就都是在70岁以后才写成的，70岁以前或是“挨整”，或是做许多行政工作，多年没有时间认真作学问。他的话成了我今后生活中最重要的动力。

马寅初的《新人口论》

马校长最让我钦佩并始终难忘的是他对国家民族命运深切的关怀。他无时无刻不在思考着国力的贫弱和人民的穷苦。1955年，他已是73岁，还作了大量调研工作，草拟了一份以控制人口和加强对人口问题进行科学研究的报告，准备在当年举行的人民代表大会上发言。没有想到征求意见时，他的想法遭到很多人的反对，有些人甚至反诬他是“反动的”马尔萨斯人口论，竟以“二马”（第二个马尔萨斯）相称。马校长只好暂时撤回报告，更加深思熟虑。1957年他再次将他精心写成的《新人口论》作为一项正式提案，提交全国人民代表大会第一届第四次会议。他指出控制人口十分迫切，十分必要，并语重心长地警告说：“人口若不设法控制，党对人民的恩德将会变成失望与不满。”

马校长的提案不仅揭示了真理，富于预见，而且合理合法，按照国家宪法，通过必要程序，提交到全国人民最高的权力机关——全国人民代表大会进行审议。然而，回答他的竟是全无理智的“百人围剿”！到了1958年5月，在康生、陈伯达的插手下，据统计，全国上阵批判他的人已达二百之众，发表的讨伐文章多达58篇，其中北大人写的就占了18

1957年，马寅初校长在北京大学大饭厅做关于“人口与节育”的报告。此后，他将这次报告的内容整理成《新人口论》，系统深刻地论述中国人口问题的实质，提出解决这一问题的途径。

篇！马校长非常愤慨，他写了一篇文章，这也是他传世的最后一篇文章了。这篇文章题为：《重申我的请求》。他说：“我虽年近80，明知寡不敌众，自当单身匹马，出来应战，直至战死为止，决不向专以力压服，不以理说服的那种批判者们投降！”这几句话始终留在我心底。每当我看到不得不行的、紧迫的计划生育政策给农民带来的痛苦，给国家带来的麻烦，我就不能不想起这位年届80，依然为国家民族奋不顾身的睿智的先知；我常常想，如果80年代，我国的人口不是十亿，而是八亿，我们的国家会怎样更轻松地腾飞啊！如果马校长当时面对的政治家多少能听取一点不囿于眼前实利而从长远出发的真知灼见，多少尊重一点全民的宪法，马校长的高瞻远瞩会对国家社会带来多么不可估量的贡献啊！特别是现在，当我以“年老”，“已经退出历史舞台”，“不在其位，不谋其政”等说法原谅自己与国家社会的疏离时，马校长的精神和他的这些话就在我心中发酵、沸腾。

不幸的是马校长从此被剥夺了发言权，并被迫辞去了北大校长的职务，被赶出了他本来想在此终其天年的美丽的燕南园！

其实，马校长的坚持真理，不畏牺牲，也不是自50年代才开始。1937年，他就曾以同样的精神向国民党政府提出向发国难财者征收“临时财产税”，以补抗战经费之不足，使蒋介石大感掣肘。蒋介石先是想以利诱之，提议请他赴美考察，并委以重任，但他凛然拒绝，发表声明说：“为了国家和民族的利益，我要保持说话的自由”。1939年，他置个人安危于不顾，毅然与共产党人周恩来、王若飞会见，并在蒋介石的陆军大学发表反蒋演说，这不能不大大触怒了蒋家王朝，终于被关进集中营一年零八个月，后来又改为家中软禁，直到抗战胜利。他在获得自由后写的《中国的工业化与民主是分不开的》一文，不屈不挠，锋芒仍然直指国民党四大家族。后来他又在重庆校场口，与郭沫若、李公仆等一起被打伤。1948年才秘密转移至香港。

回想马校长两度入北大：第一次是1916年，他作为美国哥伦比亚大学优秀博士毕业生，毅然辞去了哥伦比亚大学的正式聘请，应蔡元培校长之约，回国担任了北大经济系教授，并被选为北大第一任教务长；第二次是全国解放后，1951年，他被任命为北大校长，再次进入北大。他在北大的结局，也许是他始料所不及，说不定也是在他的预料之中。他曾发表过一篇题为《北大之精神》的演讲，他认为：“所谓北大主义者，即牺牲主义也，服务于国家社会，不顾一己之私利，勇敢直前，以达其至高之鹄的”，他给重庆大学爱国运动会主席许显忠的题词也是：“碎身粉骨不必怕，只留清白在人间。”他长达一个世纪的为人处世都是这些原则的光辉实现！

马校长辞去北大校长后，仍然继续着他的献身精神。他以80岁的高龄，仍是笔耕不息，继他对中国工业的多年考察研究之后，又转向农业，写了近百万字的《农书》。遗憾的是为了不使这部巨著落入坏人之手，他不得不于“文化大革命”之初就亲自焚毁了自己的心血。

1981年，北京大学终于洗去了自己的耻辱，召开了盛大的庆祝会，当面向这位历经风雨、一心为国的百岁老人赔礼道歉，郑重聘请他担任北京大学的名誉校长。然而，时日已逝，马校长，他还能从心里感到宽慰吗？也许他对这一切早已释然，无所挂心了？！

1982年5月10日，马校长与世长辞，享年一百零一岁。

# 我心中的汤用彤先生

我第一次近距离接触汤用彤先生是在1952年全校学生毕业典礼上。当时他是校务委员会主席，我是向主席献花、献礼的学生代表。由于我们是解放后正规毕业的第一届学生，毕业典礼相当隆重，就在当年五四大游行的出发地——民主广场举行。当时全体毕业生作出一个决定，离校后，每人从第一次工资中，寄出5角钱，给新校址建一个旗杆。目的是希望北大迁到燕园时，学校的第一面五星红旗是从我们的旗杆上升起！毕业典礼上，我代表大家郑重地把旗杆模型送到了汤先生手上。如今，五十余年过去，旗杆已经没有了，旗杆座上的石刻题词也已漫漶，但旗杆座却还屹立在北大西门之侧。

就在这一年，我进入了汤用彤先生的家，嫁给了他的长子汤一介，他1951年刚从北大哲学系毕业。我们的婚礼很特别，即便是在50年代初期，恐怕也不多见。当时，我希望我的同学们离校前能参加我的婚礼，于是，赶在1952年9月结了婚。结婚典礼就在小石作胡同汤家。按照我

1952年与汤一介结婚照片

们的策划，婚礼只准备了喜糖、花生瓜子和茶水。那是一个大四合院，中间的天井能容纳数十人。晚上8点，我的同班同学、共青团团委会的战友们和党委的一些领导同志都来了，气氛热闹活跃，如我所想。这是一个“反传统”的婚礼，没有任何礼仪，连向父母行礼也免了，也没有请父母或领导讲话。汤老先生和我未来的婆母坐在北屋的走廊上，笑咪咪地看着大家嬉闹。后来，大家起哄，让我发表结婚演说。我也没有什么“新娘的羞怯”，高高兴兴地发表了一通讲话。我至今还记得大概的意思是说，我很愿意进入这个和谐的家庭，父母都非常慈祥，但是我并不是进入一个无产阶级家庭，因此还要注意划清同资产阶级的界限。那时的人真是非常革命！简直是“左派幼稚病”！两位老人非常好脾气，丝毫不动声色，还高高兴兴地鼓掌，表示认同。后来，两位老人进屋休息，接着是自由发言，朋友们尽情哄闹，玩笑。大家说什么我已不记得了，

1958年汤一介全家，前排左起：汤用彤夫人、汤用彤、四姑，后排左起：汤一玄、汤一介、乐黛云，两个孩子为：汤丹和汤双。

只记得汤一介的一个老朋友，闻一多先生的长公子闻立鹤，玩笑开得越来越过分，甚至劝告汤一介，晚上一定要好好学习毛主席的战略思想，说什么“敌进我退”、“敌退我攻”之类，调侃之意，不言自明。我当即火冒三丈，觉得自己受了侮辱，严厉斥责他不该用伟大领袖毛主席的话来开这样的玩笑！大家看我认真了，都觉得很尴尬……我的婚礼就此不欢而散。我和汤一介怏怏不乐地驱车前往我们的“新房”。为了“划清界限，自食其力”，我们的“新房”不在家里，而是在汤一介工作的北京市委党校宿舍的一间很简陋的小屋里。

第二天，汤老先生和老夫人在旧东单市场森隆大饭店请了两桌至亲好友，宣布我们结婚，毕竟汤一介是汤家长子呵。汤老先生和我的婆母要我们参加这个婚宴，但我认为这不是无产阶级家庭的做法，结婚后第一要抵制的就是这种旧风俗习惯。我和汤一介商量后，决定两个人都不去。这种行为现在看来确实很过分。一定很伤了两个老人的心。但汤老先生还是完全不动声色，连一句责备的话也没有。

毕业后我分配到北大工作，院系调整后，汤老先生夫妇也迁入了宽敞的燕南园58号。校方认为没有理由给我再分配其他房子，我就和老人住在一起了。婆婆是个温文尔雅的人，她很美丽，读过很多古典文学作品和新小说，《红楼梦》和《金粉世家》都看了五六遍。她特别爱国，抗美援朝的时候，她把自己保存的金子和首饰全捐献出来，听说和北大教授的其他家属一起，整整捐了一架飞机。她从来不对我提任何要求，帮我们带孩子，分担家务事，让我们安心工作。我也不是不近情理的人，逐渐也不再提什么“界限”了。她的手臂曾经摔断过，我很照顾她。他

汤用彤先生和夫人在燕南园

汤用彤先生和夫人

们家箱子特别多，高高地摞在一起。她要找些什么衣服，或是要晒衣服，都是我帮她一个个箱子搬下来。汤老先生和我婆婆都是很有涵养的人，我们相处这么多年，从来没见他俩红过脸。记得有一次早餐时，我婆婆将他平时夹馒头吃的黑芝麻粉错拿成茶叶末，他竟也毫不怀疑地吃了下去，只说了一句“今天的芝麻粉有些涩”！汤老先生说话总是慢慢地，从来不说什么重话。因此在旧北大，曾有“汤菩萨”的雅号。这是他去世多年后，学校汽车组一位老司机告诉我的，他们至今仍然怀念他的平易近人和对人的善意。

汤老先生确实是一个不大计较名位的人！像他这样一个被公认为很有学问，曾经在美国与陈寅恪、吴宓并称“哈佛三杰”的学者，在院系调整后竟不让他再管教学科研，而成为分管“基建”的副校长！那时，校园内很多地方都在大兴土木。在尘土飞扬的工地上，常常可以看到他

1965年乐黛云父母
在成府路住的房子

缓慢的脚步和不高的身影。他自己并不觉得这有什么不好，常说事情总需要人去作，作什么都一样。

可叹这样平静的日子也并不长。阶级斗争始终连绵不断。1954年，在《人民日报》组织批判胡适的那个会上，领导要他发言。他这个人是很讲道德的，不会按照领导意图，跟着别人讲胡适什么，但可能他内心很矛盾，也很不安。据当时和他坐在一起的，当年哲学系系主任郑昕先生告诉我们，晚餐时，他把面前的酒杯也碰翻了。他和胡适的确有一段非同寻常的友谊。当年，他从南京中央大学去北大教书是胡适推荐的。胡适很看重他，临解放前夕，胡适飞台湾，把学校的事务就委托给担任文学院院长的他和秘书长郑天挺。《人民日报》组织批判胡适，对他的打击很大，心理压力也很大。当晚，回到家里，他就表情木然，嘴角也有些歪了。如果有些经验，我们应该当时就送他上医院，但我们都以为他是累了，休息一夜就会好起来。没想到第二天他竟昏睡不醒，医生说这是大面积脑溢血！立即送到协和医院。马寅初校长对他十分关照，请苏联专家会诊，又从学校派了特别护士。他就这样昏睡了一个多月。

汤双和爷爷在燕南园前院，后面是紫藤萝。

这以后，他手不能写，腿也不能走路，只能坐在轮椅上。但他仍然手不释卷，总在看书和思考问题。我尽可能帮他找书，听他口述，然后笔录下来。这样写成的篇章，很多收集在他的《饾饤札记》中。

这段时间，有一件事对我影响至深。汤老先生在口述中，有一次提到《诗经》中的一句诗："谁生厉阶，至今为梗。"我没有读过，也不知道是哪几个字，更不知道是什么意思。他很惊讶，连说，你《诗经》都没通读过一遍吗？连《诗经》中这两句常被引用的话都不知道，还算是中文系毕业生吗？我惭愧万分，只好说我们上大学时，成天搞运动；而且我是搞现代文学的，老师没教过这个课。后来他还是耐心地给我解释，"厉阶"就是"祸端"的意思，"梗"是"灾害"的意思。这句诗出自《诗经·桑柔》，全诗的意思是哀叹周厉王昏庸暴虐，任用非人，人民痛苦，国家将亡。这件事令我感到非常耻辱，从此我就很发奋，开始背诵《诗经》。那时，我已在中文系做秘书和教师，经常要开会，我就一边为会议做记录，一边在纸页边角上默写《诗经》。直到现在，我还保留着当时的笔记本，周边写满了《诗经》中的诗句。我认识到作为一个中国学者，做什么学问都要有中国文化的根基，就是从汤老的教训开始的。

1958年我被划为极右派，老先生非常困惑，根本不理解为什么会这样。在他眼里，我这个年轻小孩一向那么革命，勤勤恳恳工作，还要跟资产阶级家庭划清界限，怎么会是右派呢？况且我被划为右派时，反右高潮早已过去。我这个右派是1958年2月最后追加的。原因是新来的校长说反右不彻底，要抓漏网右派。由于这个“深挖细找”，我们中国文学教研室解放后新留的10个青年教师，8个都成了右派。我当时是共产党教师支部书记，当然是领头的，就成了极右派。当时我正好生下第二个孩子，刚满月就上了批斗大会！几天后快速定案。在对右派的6个处理等级中，我属于第二类：开除公职，开除党籍，立即下乡接受监督劳动，每月生活费16元。

汤老先生是个儒雅之士，哪里经历过这样急风暴雨的阶级斗争，而且这斗争竟然就翻腾到自己的家里！他一向洁身自好，最不愿意求人，也很少求过什么人！这次，为了他的长房长孙——我的刚满月的儿子，他非常违心地找了当时的学校副校长江隆基，说孩子的母亲正在喂奶，为了下一代，能不能缓期去接受监督劳动。江隆基是1927年入党的，曾经留学德国，是一个很正派的人。他同意让我留下来喂奶8个月。后来他被调到兰州大学当校长，“文化大革命”中受迫害上吊自杀了。我喂奶刚满8个月的那一天，下乡的通知立即下达。记得离家时，汤一介还在黄村搞“教改”，未能见到一面。趁儿子熟睡，我踽踽独行，从后门离家而去。偶回头，看见汤老先生隔着玻璃门，向我挥了挥手。

我觉得汤老先生对我这个“极左媳妇”还是有感情的。他和我婆婆谈到我时，曾说，她这个人心眼直，长相也有福气！1962年回到家里，每天给汤老先生拿药送水就成了我的第一要务。这个阶段有件事，我终生难忘。那是1963年的五一节，天安门广场举办了盛大的游园联欢活动，集体舞跳得非常热闹。这是个复杂的年代，大跃进的负面影响逐渐成为过去，农村开始包产到户，反右斗争好像也过去了，国家比较稳定，理当要大大地庆祝一下。毛主席很高兴，请一些知识分子在五一节晚上到天安门上去观赏焰火、参加联欢。汤老先生也收到了观礼的请帖。请帖上注明，可以带夫人和子女。汤老先生就考虑，是带我们一家呢，还是带汤一介弟弟的一家？当时我们都住在一起，带谁去都是可以的。汤老先生是一个非常细心的人，他当时可能会想，如果带了弟弟一家，我一定会特别难过，因为那时候我还是个“摘帽右派”。老先生深知成为“极右派”这件事是怎样深深地伤了我的心。在日常生活中，甚至微小的细节，他也尽量避免让我感到受歧视。两老对此，真是体贴入微。我想，

1958年儿女的照片

汤老先生与孙女汤丹、孙子汤双在燕南园后院。

正是出于同样的考虑，也许还有儒家的“长幼有序”罢。最后，他决定还是带我们一家去。于是，两位老人，加上我们夫妇和两个孩子，一起上了天安门。那天晚上，毛主席过来跟汤老先生握手，说他读过老先生的文章，希望他继续写下去。毛主席也跟我们和孩子们握了握手。我想，对于带我上天安门可能产生的后果，汤老先生不是完全没有预计，但他愿意冒这个风险，为了给我一点内心的安慰和平衡！回来后，果然有人写匿名信，指责汤老先生竟然把一个右派分子带上了天安门！带到了毛主席身边！万一她说了什么反动话，或是做了什么反动事，老先生能负得起这个责任吗？这封信，我们也知道，就是住在对面的邻居所写，其他人不可能反应如此之快！老先生沉默不语，处之泰然。好像一切早在预料之中。

不幸的是老先生的病情又开始恶化了。1964年孟春，他不得不又一

汤家在燕南园前院。

次住进医院。那时，汤一介有胃癌嫌疑，正在严密检查，他的弟媳正在生第二个孩子，不能出门。医院还没有护工制度，“特别护士”又太贵。陪护的事，就只能由婆婆和我来承担。婆婆日夜都在医院，我晚上也去医院，替换我婆婆，让她能略事休息。记得那个春天，我在政治系上政论文写作，两周一次作文。我常常抱着一摞作文本到医院去陪老先生。他睡着了，我改作文，他睡不着，就和他聊一会儿天。他常感到胸闷，有时憋气，出很多冷汗。我很为他难过，但却完全无能为力！在这种时候，任何人都只能单独面对自己的命运！就这样，终于到了1964年的五一劳动节。那天，阳光普照，婆婆起床后，大约6点多钟，我就离开了医院。临别时，老先生像往常一样，对我挥了挥手，一切仿佛都很正常。然而，我刚到家就接到婆婆打来的电话。她嚎啕大哭，依稀能听出她反复说的是：“他走了！走了！我没有看好他！他喊了一句五一节万岁，就走了！”汤老先生就这样，平静地，看来并不特别痛苦地结束了他的一生。

过去早就听说汤老先生在北大开的课，有“中国佛教史”、“魏晋玄

哈佛大学教授、新人文主义者白璧德

学”、“印度哲学史”，还有“欧洲大陆哲学”。大家都说像他这样，能够统观中、印、欧三大文化系统的学者恐怕还少有。和汤老先生告别17年后，我有幸来到了他从前求学过的哈佛大学，我把汤老先生在那里的有关资料找出来看了一遍，才发现他在哈佛研究院不仅研究梵文、佛教、西方哲学，并还对“比较”，特别是对西方理论和东方理论的比较，有特殊的兴趣。汤老先生在美国时，原是在另一所大学念书，是吴宓写信建议他转到哈佛的。他在哈佛很受著名的比较文学家白璧德的影响，他在哈佛上的第一堂课就是比较文学课。吴宓和汤老先生原是老朋友，在清华大学时就非常要好，还在一起写过一本武侠小说。我对他这样一个貌似“古板”的先生也曾有过如此浪漫的情怀很觉惊奇！白璧德先生是比较文学系的系主任，是这个学科和这个系的主要奠基人，对中国文化特别是儒家十分看重。在他的影响下，一批中国的青年学者，开始在世界文化的背景下，重新研究中国文化。汤老先生回国后，就和吴宓等一起组办“学衡杂志”。现在看来，在五四新文化运动中，激进派与“学衡派”的分野就在于，一方要彻底抛弃旧文化，一方认为不能割断历史。

汤老先生带病坚持工作，对面的人为汤老先生的学术助理，黄�森的夫人刘苏。

学衡派明确提出了“昌明国粹、融化新知”的主张。汤老先生那时就特别强调古今中外的文化交汇，提出要了解世界的问题在哪里，自己的问题哪里；要了解人家的最好的东西是什么，也要了解自己最好的东西是什么；还要知道怎么才能适合各自的需要，向前发展。他专门写了一篇“评近人之文化研究”来阐明自己的主张。研究学衡派和汤老先生的学术理念，是我研究比较文学的一个起点。

正是从这一点出发，我认为中国的比较文学同西方的比较文学是不一样的。西方的比较文学在课堂中产生，属于学院派；中国的比较文学却产生于时代和社会的需要。无论是五四时期，还是80年代，中国知识分子都是从自己的需要出发向西方学习的。中国比较文学就产生于这样的中西文化交流之中。事实上，五四时期向西方学习的人，都有非常深厚的中国文化底蕴，像吴宓、陈寅恪、汤老先生和后来的钱钟书、宗白华、朱光潜等，他们都懂得怎样从中国文化出发，应该向西方索取什么，而不是“跟着走”、“照着走”。

汤老先生离开我们已近半个世纪，他的儒家风范，他的宽容温厚始终萦徊于我心中，总使我想起古人所说的“即之也温”的温润的美玉。记得在医院的一个深夜，我们聊天时，他曾对我说，你知道“沉潜”二字的意思吗？沉，就是要有厚重的积淀，真正沉到最底层；潜，就是要深藏不露，安心在不为人知的底层中发展。他好像是在为我解释“沉潜”二字，但我知道他当然是针对我说的。我本来就习惯于什么都从心里涌出，没有深沉的考虑；又比较注意表面，缺乏深藏的潜质；当时我又正处于见不到底的“摘帽右派”的深渊之中，心里不免抑郁。“沉潜”二字正是汤老先生对我观察多年，经过深思熟虑之后，给我开出的一剂良方，也是他最期待于我的。汤老先生的音容笑貌和这两个字一起，深深铭刻在我心上，将永远伴随我，直到生命的终结。

# 三真之境

## 我心中的季羡林

### 仁爱与悲悯

世间果然有超乎生死荣辱，“纵浪大化中，不喜亦不惧”的智者吗？回答是：“有”，先生就是。

我在北大工作学习，转瞬已是48个春秋，知道先生当然很早，但真正认识先生却是在1966年仲夏一个十分炎热的下午。那时，“黑帮分子”和“牛鬼蛇神”们都蹲在烈日下拔草，随时准备接受群众的质询和批斗。我作为一个摘帽右派，被认为是没有多大“政治油水”的死老虎，因而被编入“二类劳改队”，在北大附小抬土。那天收工后，我从东门进来，走到湖畔水塔边，正好迎面撞上一群红卫兵敲锣打鼓，喊着口号，押着两个“黑帮分子”游街。走在后面的是周一良教授，走在前面的就是先生！他们两人都是胸前挂着“牌子”，背上扣着一口食堂煮饭用的中号生铁锅，用细绳子套在脖子上，勒出深深的血印。红卫兵们推推搡搡，高

季羡林先生

呼着“庙小神灵大，池浅王八多”的最高指示，这是最高统帅对北京大学所作的结论。一些著名的科学家和学者，其实与政治并无牵连，仅仅因为他们有影响，就被当做“王八”或“神灵”揪了出来，那背上的黑锅就是“王八”的象征。先生吃力地向前走着，一缕血红的残阳斜抹在他汗涔涔的脸上。我陡然与先生的目光相遇，那是怎样一双眼睛啊！依然清澈，依然明亮，没有仇恨，没有恐惧，只有无边无际的仁爱和悲悯，凝视着那些虐待他的、无知的年轻人！此情此景和先生的眼神深深铭刻在我心里，时时警醒我以更宽厚更仁爱的襟怀处事待人。

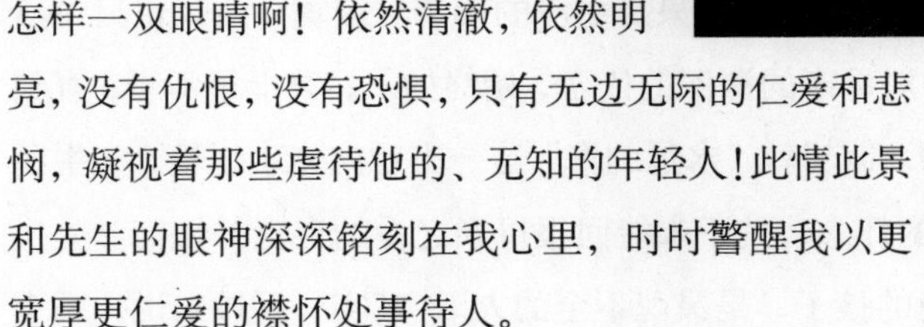

事隔二十余年，在另一种完全不同的场合，同样是仲夏6月，同样是烈日当空，我又一次见到先生那震人心魄的眼神。在先生手抚着人民英雄纪念碑冰凉的大理石缅怀先烈，回顾历史时，此情此景使先生的满腔仁爱和悲悯不禁化为盈眶热泪，以至老泪纵横！

## 赤子之情

中国文化常以“情”、“理”二字并提，先生多年留学德国，在理性逻辑思维方面受过强有力的训练，然而先生又实在是一个十分重情的人。这只要看看先生的散文便可略知一二。特别是先生怀恋母亲的那些散文。先生在一篇散文中说："我有两个母亲：一个是生我的那个母亲，一个是我的祖国母亲。"其实，先生的一生都是在对这两个母亲的无限温情中度过的，他所作的一切也都是为了这两个她始终热爱的母亲。

先生对自己早逝的生母真是一往情深，他曾计划每年秋天回乡探望母亲的坟场："无论是在白雾笼罩墓头的清晨，归鸦驮了暮色进入簌簌响着的白杨树林的黄昏"，都到母亲坟头唤一声"母亲"。然而，他却来到遥远的德国，"让母亲一个人凄清地躺在故乡的地下……在白杨簌簌中，淡月朦胧里……借了星星的微光到各处去找寻他的儿子，借了西风听取她儿子的消息。然而，所找到的只是更深的凄清与寂寞，西风也只带给她迷离的梦"。这种对母亲的深深的依恋，始终如一，数十年不衰，直到1995年，《光明日报》编辑就"永远的悔"这一主题向先生组稿，先生所写，仍是关于母亲的怀念，关于未能回报母亲之爱的自责与愧悔。先生说："一个缺少母爱的孩子，是灵魂不全的人"。其实，反过来说，一个不爱母亲的人恐怕也是"灵魂不全"的罢，这种人绝不可能是一个仁厚温情的人。

先生常自豪地宣称："我是一个有故乡和祖国的人！"在《留德十年》中，先生写道，"我的祖国母亲，我这是第一次离开她。离开的时间只有短短几个月，不知道是为什么，我这个母亲也频来入梦"。他怀念故乡的大杨树，屋后的大苇坑，怀念豆棚瓜架下闲话的野老，怀念一天工作之余在门前悠然吸烟的农人。刚刚离开祖国，他就已经感到："故国每一方土地，每一棵草木都能给我温热的感觉。"远在异国他乡，一株盛开的海棠立刻使他感到祖国虽然远在天边，却又近在眼前。他曾多次幻想："当我见到祖国母亲时，我一定跪下来吻她，抚摸她，让热泪流个痛快。"先生对祖国的一片深情决非一般爱国者可比，这种深情早已超越一般理性

季羡林先生

认识，而化为先生自己的血肉，它不仅是出于“理”，而且是全无功利打算的、发自内心的纯情。以这样的热忱作为生活的动力，生活就会色彩烂漫而又晶莹透明。

宽厚、仁爱而又重情的人往往怀着一颗天真的童心，他们有时会做出人们全然意想不到的事，让人目瞪口呆！先生一向生活很有规律，早睡早起，照例清晨四点起来读书、写作。1995年的一天，这时先生已临近85岁高龄，他把自己关在书房里，晨读到六点多钟，忽然发现自己已将房门锁上，而钥匙却在门外的另一个房间。其实解决这一问题最简便的办法就是给哪一位学生打个电话，请他来一趟，从外面打开门就行。但先生却认为时间太早，不便将别人从梦中唤醒。他竟然打开窗户，从1.75米高的窗台上奋不顾身地跳将下来，完成了一个“85岁老翁跳窗台”的奇迹(也许真能载入世界吉尼斯纪录)！这天上午，我正好去先生家里有事，先生兴高采烈，不无骄傲地向我叙述了他的伟大的历险。我心里真是好后怕！因为什么都可能发生：脑震荡，脑溢血、心脏病突发，粉碎性骨折……先生却说他经过这次考验，既然完好无损，足见各项器官都还结实，大约总可以支持到21世纪！这天下午，先生原预定进城参加中法比较文化研究会的活动，我力劝先生别去，应尽量在家休息。先生哪里肯听！不但参加了全部活动，而且还楼上楼下仔细阅览了他们书展中的很多新书、好书！

## 真情·真思·真美

多少年来，最喜欢的是先生的散文。初读先生的散文是在1956年。那时，我正在先师王瑶教授的指导下为北京大学中文系四年级学生开设每周四学时、为期一年的《中国现代文学史》。那是特别强调“文学史一条龙”的年代，而今而后，现代文学史都不再有如此重头的分量了。我当时还真有一点“初生牛犊不怕虎”的味道，日以继夜，遍查各种旧期刊杂志，当然是为了上课，但潜意识里也难免还有那么一点好胜之心，想在王瑶老师那本已是包罗万象的《新文学史稿》之外，再发掘出一批文学珍宝。我以为先生早期的散文就是我重新发现的一颗璀璨的明珠，原计划课程结束后即写成文章；没想到课程结束，我的政治生命也就结束了。

奇怪的是在那些严酷的“监督劳动”的日子里，我所喜爱的文学作品并没有离我而去。倒是常常在我心中萦绕。其中就有先生在短文《寂寞》中所写的那个比喻：天空里破絮似的云片，看来像一帖帖的膏药，糊在我这寂寞的心上。那时，我一个人天天在山野牧猪，我真觉得那些灰暗的云片就要将我这颗无依无靠的寂寞的心完全糊满封死，真可以“无知无识，顺帝之则”了！我又常想起先生描摹的那棵美丽的树：春天，它曾嵌着一颗颗火星似的红花，辉耀着，像火焰；夏天，它曾织着一丛茂密的绿，在雨里凝成浓翠，在毒阳下闪着金光；然而，在这严酷的冬天，它却只剩下刺向灰暗天空的、丫杈着的、光秃秃的枯枝了。我问自己：我的生命还刚刚开始，难道就成了那枯枝么？幸而先生最后说，“这枯枝并不曾死去，它把小小的温热的生命力蕴蓄在自己的中心，外面披上刚劲的皮，忍受着北风的狂吹；忍受着白雪的凝固；忍受着寂寞的来袭，切盼着春的来临”。这些话给过我那么多亲切的希望和安慰，事隔四十余年，我至今仍难忘怀。

什么是文学？我想这就是文学。1934年先生身在异国他乡抒写自己远离故土，深感寂寞的情思。先生写这篇文章时，我才三岁。谁能料到就是这篇字数不多，“非常个人”的短文能够在二十多年后，在完全不同的政治环境下，引起一个像我那样的人的共鸣，并使我从它得到这么多的安慰和启迪呢？时日飞逝，多少文字“灰飞湮灭”，早已沉没于时间之海，惟有那出自内心的真情之作才能永世长存，并永远激动人心。真情从来是文学的灵魂，在中国尤其如此。出土不久并被考古学家认定为制作于公元前300年左右的郭店竹简已经指出：“凡声，其出于情者信，然后其入拨人之心也厚”(《性自命出》)，不正是说明这个道理吗？

中华民族是一个十分重情的民族，抒情诗从来是我国文学的主流。虽然历代都不乏道学先生对此说三道四，如说什么“有情，恶也”，“以性禁情”之类，但却始终不能改变我国文学传统之以情为核心。最近从郭店竹简中读到，原来孔孟圣人的时代，就有人强调：“道始于情，情生于性，”又说：“凡人情为可悦也，苟以其情，虽过不恶；不以其情，虽难不贵。”可见情的传统在我国是如何之根深叶茂！窃以为先生散文之永恒价值就在于继承了中国传统的这一个“情”字。试读先生散文四卷，虽然有深有浅，但无一篇不是出自真情。

但是，只有真情还不一定能将这真情传递于人，古人说："情动于中而形于言"，这"形于言"才是真情是否能传递于人的关键。而"情景相触"构成意境，又是成功地"形于言"的关键之关键。在先生20世纪90年代的作品中，《二月兰》是我最喜欢的一篇。二月兰是一种常见的野花，花朵不大，紫白相间，花形和颜色都没有什么特异之处。然而，每到春天，和风一吹拂，校园内，眼光所到处就无处不有二月兰在。这时，"只要有孔隙的地方，都是一团紫气，间以白雾，小花开得淋漓尽致，气势非凡，紫气直冲云霄，连宇宙都仿佛变成紫色的了。"如果就这样写二月兰，美则美矣，但无非也只是一幅美"景"，先生的散文远不止此。先生随即把我们带到"当年老祖(先生的婶母，多年和先生同住)还活着的时候"：每到二月兰花开，她往往拿一把小铲，到成片的二月兰旁青草丛里去挖荠菜，"只要看到她的身影在二月兰的紫雾里晃动，我就知道在午餐或晚餐的餐桌上必然弥漫着荠菜馄饨的清香"。先生惟一的爱女婉如活着时，每次回家，只要二月兰正在开花，她也总是"穿过左手是二月兰的紫雾，右手是湖畔垂柳的绿烟，匆匆忙忙走去，把我的目光一直带到湖对岸的拐弯处"。而"我的小猫虎子和咪咪还在世的时候，我也往往在二月兰丛里看到她们：一黑一白，在紫色中格外显眼"。1993年这一年，先生失去了两位最挚爱、最亲近的家人，连那两只受尽宠爱的小猫也遵循自然规律离开了人世。"老祖和婉如的死，把我的心都带走了。虎子和咪咪我也忆念难忘。如今，天地虽宽，阳光虽照样普照，我却感到无边的寂寥和凄凉。回忆这些往事，如云如烟，原来是近在眼前，如今却如蓬莱灵山，可望而不可即了。"

唐朝著名诗人刘禹锡说："境生象外"，如果用于这篇文章，那么，"象"是那有形的、具体的二月兰之"景"，而"境"是在同一景色下，由许多物象、环境、条件、气氛、情感酝酿迭加而成的艺术创造；也就

季羡林笔下的二月兰

是在一片紫色的烟雾里，有老祖，有婉如，有虎子和咪咪，寄托着老人深邃情思的描写。这当然远远超出于“象”外，不是任何具体的、同样呈现于各人眼前的自然之“景”(象)所能代替的。这“境”大概也就是刘勰在《文心雕龙》中所说的“情以物兴，物以情观”，“物我双会，心物交融”的结果罢。

有了这样浸润着情感的、由作者所创造的“境”，已经可以说是一篇好文章或好诗了，但先生的散文往往还不止于此。正如现象学美学家杜夫海纳所说，审美客体是有深度的，这种深度的呈现是对一个新世界的开启。这个新世界的开启有赖于打开主体人格的一个新的侧面，如果只停留于日常表面的习惯性联系之中，这个新的世界就不会出现；只有主体达到审美情感的深度，审美对象的深度才会敞亮出来。《二月兰》正是在我们面前展现了一个我们过去见到二月兰时从未向我们呈现的新的世界！

下面是先生写于二月兰怒放的一段描述："二月兰一怒放，仿佛从土地深处吸来一股原始力量，一定要把花开遍大千世界，紫气直冲云霄，连宇宙都仿佛变成紫色。"每当读到这里，我就不禁想起鲁迅写的："猛士出于人间"，"天地为之变色"，想起在各种逆境中巍然屹立的伟大人格，也仿佛看到了先生的身影。西方文论常谈"移情作用"，意谓作者常使周围环境点染上自己的悲欢。《二月兰》恰好反用其意：当"我感到无边的寂寞和凄凉"，"我的二月兰"却"一点也无动于衷，照样自己开花……一团紫气，间以白雾，小花开得淋漓尽致，气势非凡，紫气直冲云霄"！在"文化大革命"那些"一腔义愤，满腹委屈，毫无人生之趣"的日子，"二月兰依然开放，怡然自得，笑对春风"；十年浩劫结束，人世有了天翻地覆的变化，二月兰也还是"沉默不语，兀自万朵怒放，紫气直冲霄汉"！是的，和永恒无穷的大自然相比，人生是多么短暂，世间那小小的悲欢又是多么地不值一提！二月兰，"应该开时，它们就开，该消失时，它们就消失。它们是'纵浪大化中'，一切顺其自然，自己无所谓什么悲与喜。我的二月兰就是这个样子"。从二月兰，我又一次看到先生人格的另一个侧面。

然而，人毕竟不能无情，不能没有自己的悲欢。特别是对那些"世态炎凉"中的"不炎凉者"，那些曾经"用一点暖气"支撑着我们、使我们不至"坠入深涧"的人们，我们总是不能不怀着深深的眷恋。当他们与世长辞，离我们而去，与他们相处的最平凡的日子就会成为我们内心深处最珍贵的记忆。"午静携侣寻野菜，黄昏抱猫向夕阳，当时只道是寻常"，这些确实寻常的场景，当它随风而逝，永不再来时，在回忆中，是何等使人心碎啊！当我们即将走完自己的一生，回首往事，浮现于我们眼前的，往往并不是那些所谓最辉煌的时刻，而是那些最平凡而又最亲切的瞬间！先生以他心内深邃的哲理，为我们开启了作为审美客体的二月兰所能蕴涵的、从来不为人知的崭新的世界。

如果说展现真情、真思于情景相触之中，创造出令人难忘，发人深思的艺术境界是先生散文的主要内在特色，那么，这些内在特色又如何通过文学唯一的手段——语言得到完美的表现？也就是说这些内在特色如何藉语言而凝结为先生散文特有的文采和风格呢？窃以为最突出之点就是先生自己所说的："形式似散，经营惨淡"、所谓"散"，就是漫谈身边琐事，泛论人情世局，随手拈来，什么都可以写；所谓"似散"，就是并非"真散"。而是"写重大事件而不觉其重，状身边琐事而不觉其轻"。写重大事件而觉其重，那就没有了"散"；状身边琐事而觉其轻，那就不是"似散"而是真"散"了。惟其是"散"，所以能娓娓动听，逸趣横生；惟其不是"真散"，所以能读罢掩卷，因小见大，余味无穷。

要做到这样的"形散而实不散"实在并非易事，那是惨淡经营的结果。这种经营首先表现在结构上先生的每一篇散文，几乎都有自己独具匠心的结沟。特别是一些回环往复，令人难忘的晶莹玲珑的短小篇章，其结构总是让人想起一支奏鸣曲，一阕咏叹调，那主旋律几经扩展和润饰，反复出现，余音袅袅。先生最美的写景文章之一《富春江上》就是如此。那"江水平阔，浩渺如海；隔岸青螺数点，微痕一抹，出没于烟雨迷蒙中"就像一段如歌的旋律始终在我们心中缭绕。无论是从吴越鏖战引发的有关人世变幻的慨叹，还是回想诗僧苏曼殊"春雨楼头尺八萧，何时归看浙江潮"的吟咏；无论是与黄山的比美，还是回忆过去在瑞士群山中"山川信美非吾土"的落寞之感的描述，都一一回到这富春江上"青螺数点，微痕一抹，出没于烟雨迷蒙中"的主旋律。直到最后告别这奇山异水时，还是："惟见青螺数点，微痕一抹，出没于烟雨迷蒙中"，兀自留下这已呈现了千百年的美景面对宇宙的永恒。这篇散文以"到江吴地尽，隔岸越山多”的诗句开头，引入平阔的江面和隔岸的青山。这开头确是十分切题而又富于启发性，有广阔的发展余地，一直联系到后来的吴越鏖战，苏曼殊的浙江潮，江畔的鹳山，严子陵的钓台。几乎文章的每一部分都与这江水，这隔岸的远山相照应，始终是“复杂中见统一，跌宕中见均衡”。

除了结构的讲究，先生散文的语言特色是十分重视在淳朴恬澹、天然本色中追求繁富绚丽的美。在先生笔下，燕园的美实在令人心醉。“凌晨，在熹微的阳光中，初升的太阳在长满黄叶的银杏树顶上抹上了一缕淡红”(《春归燕园》)，暮春三月，办公楼两旁的翠柏“浑身碧绿扑人眉宇，仿佛是从地心深处涌出来的两股青色的力量。喷薄腾越，顶端直刺蔚蓝色的晴空”。两棵西府海棠“枝干繁茂，绿叶葳蕤”，“正开着满树繁花，已经绽开的花朵呈粉红色，没有绽开的骨朵呈鲜红色，粉红与鲜红，纷纭交错，宛如天半的粉红色彩云”（《怀念西府海棠》)。还有那曾经笑傲未名湖幽径的古藤萝，从下面无端被人砍断，“藤萝初绽出来的一些淡紫的成串的花朵，还在绿叶丛中微笑……不久就会微笑不下去，连痛哭也没有地方了”(《幽径悲剧》)。这些描写绝无辞藻堆砌，用词自然天成，却呈现出如此丰富的色彩之美！

先生写散文，苦心经营的，还有另一个方面，那就是文章的音乐性。先生遣辞造句，十分注重节奏和韵律，句式参差错落，纷繁中有统一，总是波涛起伏，曲折幽隐。在《八十述怀》中，先生回顾了自己的一生：“我走过阳关大道，也走过独木小桥。路旁有深山大泽，也有平坡宜人；有杏花春雨，也有塞北秋风；有山重水复，也有柳暗花明；有迷途知返，也有绝处逢生。路太长了，时间太长了，影子太多了，回忆太重了。”这些十分流畅、一气呵成的四字句非常讲究对仗的工整和音调的平仄合辙，因此读起来铿锵有力，既顺口又悦耳，使人不能不想起那些从小背诵的古代散文名篇；紧接着，先生又用了最后四句非常“现代白话”的句式，四句排比并列，强调了节奏和复沓，与前面的典雅整齐恰好构成鲜明的对比。这些都是作者惨淡经营的苦心，不仔细阅读是不易体会到的。

每次读先生的散文都有新的体味。我想那原因就是文中的真情、真思、真美。

# 永恒的真诚

## 难忘废名先生

1948年夏天，我从遥远的山城来到全国最高学府北京大学，又来到北京大学顶尖的系——中文系，心里真是美滋滋的。当时，震撼全国的“反迫害、反饥饿”学生运动刚刚过去，许多黑名单上有名的学生领袖都已“潜入”解放区；新的“迎接解放”的大运动又还尚未启动，因此九月初入学的新同学都有一段轻松的时间去领略这历史悠久、传统绵长的学府风光。

我深感这里学术气氛十分浓厚，老师们都是博学高雅，气度非凡。我们大学一年级的课程有：沈从文先生的大一国文（兼写作）；废名先生的现代文学作品分析；唐兰先生的说文解字；齐良骥先生的西洋哲学概论；还有一门化学实验和大一英文。大学的教学和中学完全不同，我觉得自己真是沉没于一个从未经历过的全新的知识天地。

我最喜欢的课是沈从文先生的大一国文和废名先生的现代文学作品分析。沈先生用作范本的都是他自己喜欢的散文和短篇小说，从来不用别人选定的大一国文教材。他要求我们每两周就要交一篇作文，长短不拘，题目则有时是一朵小花，有时是一阵微雨，有时是一片浮云。我们这个班大约27人，沈先生从来都是亲自一字一句地改我们的文章，从来没有听说他有什么代笔的助教、秘书之类。那时，最让人盼望的是两三周一次的发作文课，我们大家都是以十分激动的心情等待着这一个小时的来临。在这一小时里，先生总是拈出几段他认为写得不错的文章，念给我们听，并给我们分析为什么说这几段文章写得好。得到先生的夸奖，真像过节一样，好多天都难以忘怀。

废名先生讲课的风格全然不同，他不大在意我们是在听还是不在听，也不管我们听得懂听不懂。他常常兀自沉浸在自己的思绪中。他时而眉飞色舞，时而义愤填膺，时而凝视窗外，时而哈哈大笑，他大笑时常常会挨个儿扫视我们的脸，急切地希望看到同样的笑意，其实我们并不知道他为什么笑，也不觉得有什么可笑，但不忍拂他的意，或是觉得他那急切的样子十分可笑，于是，也哈哈大笑起来。上他的课，我总喜欢坐在第一排，盯着他那“古奇”的面容，想起他的“邮筒”诗，想起他的“有身外之海”，还常常想起周作人说的他像一只“螳螂”，于是，自己也失落在遐想之中。现在回想起来，这种类型的讲课和听课确实少有，它超乎于知识的授受，也超乎于一般人说的道德的“熏陶”，而是一种说不清、道不明的“爱心”、“感应”和“共鸣”。

可惜，这样悠闲自在的学院生活很快就消逝得无影无踪。随着解放军围城炮火的轰鸣，我和一部分参加地下工作的同学忙着校对秘密出版的各种宣传品；绘制重要文物所在地草图以帮助解放军选择炮弹落点时注意保护；组织“面粉银行”，协助同学存入面粉，以逃避空前的通货膨胀……有一天一枚炮弹突然在附近的北河沿爆炸，解放军入城的日子越来越近，全校进入紧张的“应变”状态，上课的人越来越少，所有课程终于统统不停自停。

再见到废名先生，已是在解放后的1950年春天了。这时，沈从文先生已断然弃绝了教室和文坛，遁入古文物研究；而废名先生却完全不同，他毫不掩饰他对共产党的崇拜和他迎接新社会的欢欣。他写了一篇长达数万字的《一个中国人读了新民主主义论后欢喜的话》，亲自交给了老同乡、老相识董必武老人，甚至他还在没有任何人动员的情况下，写了一份入党申请书交给了中文系党组织。我相信这一定是中文系党组织收到的第一份教师入党申请。废名先生根本不考虑周围的客观世界，只是凭着自己内心的想象和激情，想怎么做就怎么做；他没有任何自命清高的知识分子架子，更不会考虑到背后有没有人议论他“转变太快”、“别有所图”之类。因为他的心明澈如镜，容不得一丝杂质，就像尼采所说的那种没有任何负累的婴儿，心里根本装不下这样的事！记得当时我是学生代表，常常参加中文系的系务会议。有一次和他相邻而坐，他握着我的手，眼睛发亮，充满激情地对我说：“你们青年布尔什维克就是拯救国家的栋梁”。

此后，迎来了解放后的第一次“教学改革”，无非是小打小闹，“上级”既没有听过课，又没有研究，只是把中文系的全部课程排了一个队，姑且从名目上看一看哪些可能有封建主义和资本主义之嫌。废名先生开了多年的“李义山诗中的妇女观”不幸首当其冲，在立即停开之列。那次由杨晦先生宣布停开课程名单的系务会议，气氛很沉重，大家都黯然，只有我和另一个学生代表夸夸其谈，说一些自己都不明白的话。会后，废名先生气冲冲地对我说：你读过李义山的诗吗？你难道不知道他对妇女的看法完全是反封建的吗？他的眼神又愤怒、又悲哀，我永远不能忘记！此后，很少再见到废名先生，开会他也不来了，于是，成为众人眼目下的"落后分子"！

没有想到1951年的土地改革又重新燃起了他的激情。这年冬天，中文系和历史系的师生组成了土改16团，浩浩荡荡开赴江西吉安专区。当时教授们是自由参加，并非一定要去。中文系随团出发的教授只有废名先生和唐兰先生等少数几位，一些以进步闻名的教授倒反而没有同行。再见废名先生时，我很为过去说过那些浅薄无知的话而深感愧疚，但他却好像早已忘怀，一路有说有笑，说不尽他对故乡农民的怀念，回忆着他和他们之间的种种趣事，为他们即将获得渴望已久的土地而兴奋不已。

我们中文系这个小分队被分配在吉安专区的潞田乡。有缘的是我和废名先生竟分在同一个工作组，共同负责第三代表区的工作。潞田乡共分七个代表区，两个代表区在山里，四个代表区分布于附近的几个村落，第三代表区就在潞田镇。由于情况比较复杂，开始时，我们没有住进农民家而是住在镇公所。镇公所是一幢两层楼的木板房，楼下一间是堂屋，一间可以住人，楼上一般用来堆杂物。相当长一段时间，我和废名先生白天一起"访贫问苦"，在老乡家吃派饭，晚上废名先生住在楼下，我住在楼上。

因为听不懂江西话，我们的"访贫问苦"收效甚微。这时，反对"和平土改"，将阶级斗争进行到底的运动在江西全省，开展得如火如荼。比较富足的潞田乡被定为反对"和平土改"的典型。我们进展迟缓的工作受到了严厉批评，上级派来了新的地方干部，一位新近复员的连长。他的确立场坚定，雷厉风行，不到半个月，他就成功地发动了群众，揪出8名地主，宣判为恶霸、特务、反革命，判处死刑，立即执行，并暴尸三天，以彻底打倒地主阶级的威风，长贫下中农的志气！为首第一名就是被定名为反革命恶霸地主、多年在我们住的这所小木屋里办公的潞田镇镇长。我和废名先生看得目瞪口呆，“汗不敢出”。北大土改工作队又不断发文件，开大会，批判资产阶级人道主义，号召各自检查立场，主动接受“阶级斗争的洗礼”。废名先生不再说话，我也觉得无话可说，只是夜半时分常常想起那个脑袋迸裂、流出了白花花脑浆的镇长，总觉得他正从楼下一步步走上楼来，吓得一身冷汗，用被子蒙着头。

天越来越冷，废名先生的身体也越来越弱。他很少出门，也不大去吃派饭，上级领导念他年老体弱，特准他在屋里升一个小煤球炉做饭吃。我仍然每天出去开会，协助农民分山林，分田地，造名册、丈量土地、登记地主浮财等，我最喜欢的工作是傍晚的妇女扫盲班。和一大群大姑娘、小媳妇打打闹闹，教她们识字、唱歌，讨论男女平等， 热闹非凡，一天的烦累似乎也都就此一扫而光。因此，我每天回来都很晚，这时废名先生屋里的豆油灯通常已经熄灭。

这一天我回来，废名先生屋里的灯光仍然亮着，小木屋里散发出一股炖肉的浓香。我一进门，废名先生就开门叫我，说是好不容易买了两对猪腰子，碰巧又买到了红枣，这是湖北人最讲究的大补，一定要我喝一碗。我不忍拂先生的好意，其实自己也很馋，就进门围着火炉和先生坐在一起。也许是太寂寞，也许是很久没有说话，废名先生滔滔不绝，和我拉家常。我们似乎有默契，都小心地避开了当下的情境。事隔多年，我们谈了什么已经不大记得清，但有两点，因为与我素来的想法大相径庭，倒是长留在记忆里。

印象最深的是他说他相信轮回，相信人死后灵魂长在。他甚至告诉我他的的确确遇见过好几次鬼魂，都是他故去的朋友，他们都坐在他对面，和他谈论一些事情，和生前没有两样。他告诉我不应轻易否定一些自己并不明白，也无法证明其确属乌有的事。因为和我们已知的事相比，未知的事实在是太无边无际了。太多我们曾认为绝不可能的事，“时劫一会”，就都成了现实。他又问我对周作人怎么看，我回说他是大汉奸，为保全自己替日本鬼子服务。废名先生说我又大错特错了，凡事都不能抽空了看，不能只看躯壳。他认为周作人是一个非常复杂而有智慧的人，他宁可担百世骂名而争取一份和日本人协调的机会，保护了北京市许多文物。废名先生说，义愤填膺的战争容易，宽容并作出牺牲的和平却难，事实上，带给人类巨大灾难的并不是后者而是前者。废名先生关于已知和未知的理论至今仍然是我对待广大未知领域的原则，他的关于战争与和平的理论我却始终是半信半疑。如今，恐怖与反恐怖之战遍及全球，我又不能不常想起先生“和平比战争更难”的论断。

伟大的土地革命运动终于告一段落，废名先生一直坚持到最后。唐兰先生却早就回校了。记得下乡不久，忽然来了一纸命令，急调唐兰先生立刻返回北京，接受审查。那时，城市里反贪污、“打老虎”的运动正是如火如荼，有消息传来，说唐先生倒卖文物字画，是北大数得上的特大“老虎”！后来，土地改革胜利结束，我们作完总结，“打道回府”，听说唐兰先生还在接受审查，问题很严重。过不久，又听说唐兰先生其实没有什么问题，无非是“事出有因，查无实据”。又过了一些时候，听说唐兰先生已经离开了人世。我和废名先生却一直保持着联系，1952年院系调整，所谓“大分大合”，正值“大分”之时。中文系大解体，四位教授分到吉林大学，还有一些教授分到内蒙。废名先生到吉林后心情很抑郁，虽然有时强作欢快，但仍然透露着迟暮与失落。他还给我写过好几封信，我一直珍藏，最终毁于“文革”。

我见废名先生最后一面是在1954年夏天。那时我已留任中文系助教，随工会组织的旅游团去东北。我之所以选择东北，完全是为了去长春看望废名先生。当时先生的视力已经很差，昔日那种逼人的炯然目光已经不再。但他见到我们几个年轻人时，却陡然振奋起来，我仿佛再见到那个写《读了新民主主义论后欢喜的话》的欢喜的“中国人”！他紧握我的手，往事涌上心头，化作潸然老泪，我也忍不住热泪盈眶。废名先生毫不掩饰他见到我们时所感到的内心的快乐，简直就像一个孩子，我不禁又想起那一句老子的话：“复归于婴”。他执意要请我们去长春一家最豪华的餐馆吃饭，他说非这样不足以显示出他内心的欢喜。

从大连回来，等着我们的是无尽无休的、必须天天讲、月月讲的阶级斗争，我再也没有见到废名先生，没有听到他，由于太紧张的生活，甚至没有再想起他！后来，到尘埃落定之时，才听说废名先生在长春一直很不快乐，没有朋友，被人遗忘。还曾听有人说“文化大革命”中，革命小将把他关在一间小屋里，查不出任何问题，遂扔下不管；病弱的老伴不知道他身在何处，无法送饭，废名先生是活活饿死的！我听了不胜嘘唏，倒也不以为奇，在那种时候，这种事情司空见惯！后来又听说此说不真，废名先生是有病，得不到应有的医疗条件而孤独地离开了人世！

# 一个冷隽的人 一个热忱的人

## 纪念吾师王瑶

入昭琛师门下，倏忽已是38载！记得1952年一个万物繁茂滋生的夏夜，第一次往谒先生，谈及我从先生学现代文学史的意愿。先生说：“现代史是非常困难的，有些事还没有定论，有些貌似定论，却还没有经过历史的检验！”他点燃了烟斗，冷然一笑，“况且有时还会有人打上门来，说你对他的评价如何如何不公，他是如何如何伟大等等，你必须随时警惕不要迁就强者，不要只顾息事宁人！”他掷过来锐利考察的一瞥。“何不去学古典文学呢?至少作者不会从坟墓里爬出来和你论争！”我说，“那么，先生何以从驾轻就熟的中古文学研究转而治现代文学史呢?”我们相视一笑，一切尽在不言中，他收了我这个学生。

在那个生意盎然，相互感应着雄心壮志的夏夜，我们何曾想到历史竟会是这样发展？20年一片空白，我唯一能记起的是1957年4月，我和一些朋友被那活跃的“早春天气”弄得昏头昏脑，异想天开，竟想靠募捐来办一个中级学术刊物，让不大成熟的年轻人的文章也有地方发表。没想到先生严辞拒绝了我的募捐要求，他从来是一个十分冷峻的时事分析家。按照他分析的结果，他严厉警告我，绝对不要搞什么“组织”，出什么“同人刊物”，必须对当时的鸣放热潮保持头脑清醒，当时还只是4月末。我们听从了他的劝告，但为时已晚，他的真知灼见和料事如神终于未能救出他的三个学生。

之后，我就没有机会接近先生。“文化大革命”中，他的遭遇比我更悲惨。我永远也不能忘记那难于回首的一幕：由于有人挟嫌诬陷，他被一群红卫兵打得鲜血淋漓。我们这些“专政对象”和全体革命群众都被勒令到现场“接受教育”。带铜扣的皮带和鞭子落在他的头上和身上，鲜血沿着苍白的脸颊流下来。打手们逼迫他承认：是他，蓄意侮辱了伟大领袖毛主席，将一张印有毛主席像的报纸扔到厕所里。先生忍受着，报以绝对的沉默。那高傲心灵的扭曲和伤痛真是伤心惨目！我的心在哭泣！

终于雨过天晴，有人来调查他所受的迫害，要他指出曾经伤害他的人。先生一笑置之，说是全都不记得了。其实，哪里能忘记呢？先生一向以博闻强记著称，所有往事都会历历在目。例如，有一次，先生和我谈起当时被囚禁在“牛棚”中的生活，十分感慨于像朱光潜先生那样一向严肃的学者，也会在“牛棚”那样的特殊环境下写出一首非常可笑的打油诗。先生一字不漏地将这首诗背给我听并告诉我当时“牛棚”并无纸笔，朱光潜先生是把这首诗念给他们两三个人听的。那时生活虽然艰辛，他们听了这首诗，还是忍不住笑了一场，看守极为恼怒，勒令他们几个人把诗句背出来。先生一个字也不肯说，只说朱光潜先生根本就没有做什么诗。为此，他遭受了一顿毒打。先生解嘲地说：“我在牛棚挨打，多半是为了劳动跟不上趟，那时真心后悔儿时在农村未曾好好锻炼。

王瑶先生

惟独这一次挨打，是为了朋友！”

10年改革开放，先生学术著作硕果累累，也曾有过宏伟的学术研究规划。他是大海，能容下一切现代的、传统的、新派的、旧派的、开阔的、严谨的、大刀阔斧的和拘泥执著的。在为我的一本小书写的序言中，他特别提出：“每个人如果能根据自己的精神素质和知识结构、思维特点和美学爱好等因素来选择结合自己特点的研究对象、角度和方法，那就能够比较充分地发挥自己的才智，从而获得更好的成就。”这些话一直给我力量和信心，催我前进。

先生的音容笑貌，他那幽默的谈吐，富于穿透力的锋利的眼神，他那出自内心却总带几分反讽意味的笑声，他那冷隽的外表下深藏着的赤子的热忱……38年来，这一切对我是如此亲切，如此熟悉！难道这一切都永远消逝，只留下一撮无言的灰烬？

记得最后一次去先生家，已是1989年深秋季节，古老的庭院，树叶在一片片飘落，那两头冰冷的大石狮子严严把守着先生的家门，更增添了气氛的悲凉和压抑。我东拉西扯，想分散先生的注意，和他谈些轶闻琐事，但先生始终忧郁，我也越谈越不是滋味，终于两人相对潸然。先生说有一桩事，一点心愿，也许再也难以实现……

最后一面见先生，是在苏州的寒山寺。先生原已抱病，却执意要参加他担任了10年会长的中国现代文学学会的苏州理事会。会议在风和日丽中圆满结束，先生作了总结，告别了大家，安排了明年年会，没想到最后一天游览，寒流猛至，北风凛冽，先生所带衣物不多，却坚持要上寒山古寺，一登那古今闻名的钟楼。“姑苏城外寒山寺，夜半钟声到客船”！先生花了三块钱，换来古钟三击。钟声悠扬凄厉，余音袅袅，久久不息。不知道为什么，我的心在寒风中颤栗，总觉得听出了一点什么不祥之音！先生击钟，在呼唤谁?在思念谁?在为谁祝愿?在为谁祈福?这钟声，为谁而鸣?而今，年末岁暮，心衰力竭，我哭先生，欲哭无泪，我呼先生，欲语无言！惟愿先生英灵，随袅袅钟声乘姑苏客船，驶向那极乐的永恒！

# 学贯中西的博雅名家

## 纪念杨周翰教授90冥诞

杨周翰教授在英国文学研究界和比较文学界，享有崇高盛誉。1989年杨周翰教授辞世，许多国际知名学者发来唁电。国际比较文学学会会长，普林斯顿大学比较文学系系主任孟而康教授说："我将永远带着崇敬和爱来怀念杨周翰先生"，前国际比较文学学会会长荷兰乌特列支大学教授佛克马说："他让我们尊重中国和她的知识分子"，斯坦福大学教授吉勒斯比说："我们都很羡慕他敏捷的思路、精确的措辞，简洁的发言和他那一口优美纯正的牛津英语"，北京大学李赋宁教授说："杨周翰同志是一位学贯中西的学者和多才多艺的博雅之士。"1990年在贵阳召开的第三届中国比较文学年会上，来自全国各地的比较文学学者对已故会长进行了深切的悼念和追怀，会后出版了《纪念杨周翰教授专辑》。

杨周翰教授是我国杰出的英国文学研究专家和比较文学专家，特别以17世纪英国文学和莎士比亚研究著名于世。他所以在外国文学研究方

杨周翰教授

面取得如此巨大的成就，首先得益于他经常提醒年轻人的："研究外国文学的中国人，尤其要有一个中国人的灵魂！"他研究英国文学的著作无一不透露出他内心深藏的中国文化底蕴。例如在"英译《圣经》"一文中，当分析《旧约·传道书》第一章，传道人谈到"因为智慧多，悲伤就多；知识增长，哀愁也增长"时，杨周翰就联系到佛教的"四大皆空"和涅槃，老子的"为学日益，为道日损"，"绝学无忧"等。当然，构成杨周翰文学研究语境的不只是中国文化而是相当广泛的各国文化，例如在讨论《旧约·约伯记》时，为说明耶和华所用的一系列反问所体现的"人生许多事情的无法理解"，杨周翰引证了希腊的《俄狄浦斯》、屈原的《天问》、但丁的《神曲》，莎士

杨周翰教授是我国杰出的英国文学研究专家和比较文学专家，特别以17世纪英国文学和莎士比亚研究著名于世。他所以在外国文学研究方面取得如此巨大的成就，首先得益于他经常提醒年轻人的："研究外国文学的中国人，尤其要有一个中国人的灵魂！"

比亚的《哈姆雷特》和弥尔顿的作品等等。

1978年11月，全国外国文学研究工作规划会议在广州召开，这是改革开放以来外国文学工作者的第一次盛会。在这次会上，杨周翰作了“关于提高外国文学史编写质量的几个问题”的重要发言。他首先强调“精辟的评论往往是从比较中得来的”，并相当系统地介绍了比较文学这门学科20世纪以来在西方的发展，指出“这一学科尽管有不同流派，各国也有所不同，但有些共同的基本主张。如他们都认为一个民族的文学与其他民族的文学比较，才能显出其特点来；主张对文学的主题、文学类型、文学潮流、批评和审美标准或诗学进行比较研究，研究相互影响，把文学与其他领域进行比较，研究其关系；在相互比较之中发现一些文学发展的共同规律。”这大概是全国解放后，有人第一次如此明确地谈到了比较文学。

杨周翰曾以大量时间和精力从事莎士比亚评论的搜集和整理分析，其实，这本身就是一种扎实的比较文学研究。《莎士比亚评论汇编》分为《19世纪以前西方莎评》和《20世纪莎评》两册。杨周翰指出，莎士比亚是“世界文学中评论得最多的作家之一，从17世纪一直到今天，300多年没有间断。19世纪以前的英、德、法、俄、古典主义者 、浪漫派、现实主义者纷然杂陈；进入20世纪后，各种资产阶级流派更是五花八门”。这些评论不仅能帮助我们对莎士比亚作出较全面的评价，而且对于文学理论的发展也有很大助益。杨周翰从一开始就是通过对各国莎评的比较来研究莎士比亚的。在“百尺竿头，十方世界”一文中，他特别指出：“比较莎士比亚诗剧和中国古典戏曲，如主题、悲剧、喜剧的概念、结构、人物等等方面既可发现各自特点，也可找出共同规律，这种研究将会很富于成果。对不同时期，不同国家莎剧的演出进行比较研究，一定也很有趣味。”

此后，杨周翰写了一系列有关中西比较文学的篇章。如写于1981年的《密尔顿“失乐园”中的加帆车》一文分析了17世纪英国作家的作品中大量出现了异域文物，如中国的加帆车。说明一个民族的文化在其形成的过程中总要自觉不自觉地吸收异民族文化的成分。在这篇文章中，杨周翰对文学之间的相互影响作了进一步思索，他指出“影响的问题很复杂”。文学史上的“扩大知识，接受影响”，主要是指思想的接触，砥砺，引起深入思考，把消极的接受变为积极的探讨；他认为影响也有偶然因素，但最终决定于作者的需要。作家为满足需要，也有不求甚解的情况，讹传、歪曲、误解的情形经常发生。因此，对于影响研究，需要更细致、更深入地进行。

1983年，杨周翰写成《寓言式的梦在〈埃涅阿斯纪〉与〈红楼梦〉中的作用》一文，旨在探讨“梦”在这两部叙事文学作品中所起的预示灾难的作用，研究这种手法和两位作者的世界观，以及这种手法和他们的伟大成就的关系。他指出两位作者的理想都是一要和平，一要真情，“但生活和现实使他们怀疑理想能否实现，暂时实现了能否持久，也是由怀疑而悲观”。杨周翰指出，认为现实是梦幻，是维吉尔和曹雪芹的哲学和世界观的一部分，他们很自然会把梦幻作为一种艺术手法应用到作品里去。但他们运用这种手法，不像其他作品那样，梦兆只有局部意义，他们的梦兆是在很大程度上寓言着一个历史过程。他们对现实所抱的幻灭感使他们能在太平盛世看出破绽，使他们预感到历史未来的发展，也就是艾略特所说的“历史感”。杨周翰认为“有没有历史感是衡量一个作家是否伟大的标尺之一”。

在《维吉尔和中国诗歌传统》中，杨周翰通过维吉尔的《牧歌》和陶渊明的《归田园居五首》分析了二者所表现的共同人性。他指出维吉尔和陶渊明虽然有十分不同的生活境况，但他们所向往的理想生活确很相似。两首诗中的意象都与情感密切对应，都是享受宁静和摆脱焦虑，宁静虽然美好，却并非永远有保障，因而产生焦虑，很多例子可以说明两位诗人的共同感受。杨周翰又进一步分析了维吉尔的《埃涅阿斯纪》和杜甫的《三吏》、《三别》，说明离别的悲痛构成了这些作品的同样“肌质”(texture)，足以引发罗马帝国和中华帝国臣民相似的情怀。另外，还讨论了诗歌运用隐喻，包括神话的、文学和历史的掌故，以及翻译等问题。这篇文章是1987年11月杨周翰在美国斯坦福大学的讲演，后来发表在1988年的《北京大学学报》上。以上两篇论文，连同《中西悼亡诗》一篇可以说是中国比较文学中，超越时空的平行研究的典范之作。

1985年，杨周翰参加了在英国和法国举行的第11届国际比较文学大会，会后回国后，在北大作了《国际比较文学研究的动向》的专题报告。文章除了对大会一般情况的介绍外，杨周翰特别提到巴黎会议上，法国比较文学元老艾金伯勒（通译艾田伯）所作的题为《中国比较文学的复兴：1980—1985年中国的比较文学》的主题报告，这是七十余岁高龄的艾金伯勒教授退休前，告别他一生从事的比较文学事业的最后一次重要报告。在这个报告中，艾金伯勒列举了解放前中国比较文学的成就，更重要的是列举了中国近五年来在比较文学教学、研究、学术团体、出版物等方面的大量事实，热情洋溢地向各国学者介绍了中国比较文学的发展情况，并得出结论说，中国有10亿人口，有悠久的文学传统，比较文学方面的潜力和前景是无限的。杨周翰描述这次报告会是“听众满堂，座无虚席”，博得了热烈反响。

在同一篇报告中，杨周翰强调指出：“形势给我们提出了一个问题：怎样使比较文学学科真正成为一门世界性的学科，克服国际间现在的片面性，特别是用我国丰富的文学遗产和文学实践去充实世界文学，进行比较，从一个比较完整的总体的世界文学中总结出一些理论和规律？”

为回答这个问题，他切中要害地提出了以下四方面的要求：第一是大力提倡中外文学的比较研究，加强中外文学和理论的基本功训练，掌握第一手材料，切实提高研究质量；第二是在方法上多下工夫，应当熟悉新理论，研究和分析这些理论，择优选取；第三是加强信息和人员的交流，在认真研究的基础上，开展讨论会争鸣，促进学术繁荣；第四是抓好比较文学的教学和研究生的培养，一方面要抓好普及，一方面还要重视高水平人才的培养。最后，杨周翰热情洋溢地总结说："1985年10月29日中国比较文学学会的成立预示着中国比较文学的发展进入了一个新的阶段，只要我们认真努力去做，发扬光大我们过去和今天的成绩，克服不足之处，勇于探索，就一定能对比较文学这门世界性的学科作出贡献。"

1987年6月，作为我国比较文学学会第一任会长，杨周翰在日本比较文学学会全国年会上作了一次题为《中国比较文学的今昔》的精彩讲演，这是新兴的中国比较文学在国际间的一次重要亮相。他强调了中国比较文学发端的两个重要方面。他说："我分析了中西比较文学起源之不同。西方比较文学发源于学院，而中国比较文学则与政治和社会上的改良运动有关，是这个运动的一个组成部分。" 杨周翰又指出，中国比较文学的另一个源头"是用从西洋输入的理论来阐发中国文化和文学"，这在西方也是没有的。他认为在我国文化中，在我国学者的心态中，历史意识特别强，事事都要追根溯源。"这种文化熏陶使人们看到本国文学受外来影响，或外国文学中有中国成分，就自然而然要探个究竟"。总之，杨周翰指出，中国比较文学是中国本土的产物，它从源头上就与西方比较文学不同，它不是发源于学院，而是中西文化相触和中国经济、政治、社会、文化发展的结果。中国比较文学的产生是与振兴国家民族的愿望，更新和发展本民族文学的志向分不开的。总之，中国比较文学的出现是中国文学发展本身的要求。

同年，杨周翰又根据比较文学的发展现状和问题，汇集自己的想法，合成一篇指导性的文章，即《比较文学：界限、“中国学派”、危机和前途》。在这篇文章中，杨周翰首先厘清了“把比较文学仅仅看做一种方法的误解”，指出必须强调民族的不同和语言的不同，归根结底是文化的不同，只有把文学放在不同文化的背景上来研究才更有意义。他认为“比较文学从影响研究扩展到平行研究，扩展到文学和艺术、和其他人文科学的比较，文学和社会科学的跨学科比较，如文学和历史，文学和神话，文学和心理学，文学和社会学，文学和宗教等的关系的研究等。在这里，杨周翰已经提出了“比较文学就是跨文化与跨学科的文学研究”这一定义的雏形。特别值得注意的是杨周翰提出了比较文学的目的和功能。他指出：第一是对文学史起的作用。一个民族的文学不可能在完全封闭状态中发展，往往要受外国文学的影响。要说清楚本国文学的发展，不可能不涉及外国文学，同时为了说明本国文学的特点，也须要同外国文学进行对比，这种对比不一定是明比，而是意识到本国文学和外国文学的不同之处。第二是对文学理论起的作用。比较文学的目的还在于通过不同民族文学的比较研究来探讨一些普遍的文学理论问题及其在不同文化中的应用。这样，杨周翰就对比较文学的方法、目的和功能都进行了明确的界定。

关于“中国学派”，杨周翰认为“需要通过足够的实践，才能水到渠成。所谓法国学派、美国学派云云，也是根据实践而被如此命名的，起初并非有意识地要建立什么学派”。在中国比较文学的特色方面，杨周翰提出东方文学之间的比较研究和我国少数民族文学的比较研究应该成为“所谓中国学派”的特色或主要内容。这不仅可以打破比较文学这一学科迄今的欧洲中心论，而且也是东方比较学者责无旁贷的义务。至于比较文学的实践，杨周翰认为还有待于全面总结，但他提出了两个十分重要的、带有方向性和指导性的论断。

第一是明确肯定了国外比较文学中很少用到，也并不认同的“阐发研究”是比较文学的一个重要内容。当时不少人坚持“用舶来的理论尺度来衡量中国文学，或用舶来的方法阐释中国文学” 不是比较文学，因为这并非狭义的不同文学间的“比较”。杨周翰认为在甲文学与乙文学的比较中，甲文学在很大程度上也是一种程度或手段，用以阐发出乙文学的蕴意、特色等等。所不同者，文学和文学的关系里还有相互阐发的问题而已。

第二是以大量事实论证和强调了中国比较文学与西方比较文学之不同，就在于后者发源于学院，而前者则与政治和社会上的改良运动有关，中国比较文学是这个运动的一个组成部分。这两点对于中国比较文学后来的发展都起了十分重要的推动作用。

杨周翰对当时国内外甚嚣尘上的比较文学危机论作了精到的分析。他认为国内和国外所讨论的危机其实是一致的：从内部来说，就是荷兰比较文学家赛格斯提出的一浪追一浪的文学新理论对比较文学的冲击；从外部来说，则是现代技术统治一切的社会，人文科学和比较文学同样受到轻视和威胁。杨周翰指出，对于前者我们不能逃避；对于后者则要看到这是一个人文科学和社会生活紧密结合的问题，整个人文科学“应当能满足时代的精神需要”，才能走出一条新路。

至于国内特有的问题，杨周翰认为则是我国知识界、研究界、文艺界对比较文学都不甚理解而许多比较文学研究成果又还停留在浅层次上。但杨周翰满怀信心，他认为“危机并非坏事，有了危机感，事业才能前进”。他具体分析了中国比较文学发展的现状和前途，指明最重要的关键是创造条件，条件就是装备，物质装备和精神装备。精神装备包括知识、语言、理论和心态，而最重要的是心态。杨周翰说：“我们的先辈学者如鲁迅等，它们的血液中都充满了中国的文学和文化，中国文化是其人格的一部分。这样，他们一接触到外国文学就必然产生比较，并与中国的现实息息相关”，而我们多年受的训练则与此相反，我们研究外国文学时就像科学家对待原子或昆虫那样，与我们自身毫无关系，这就是“隔”与“不隔”的差别。作为一个比较文学学者，要非常熟悉自己的文学、文化，对其优秀传统有自己切身的感受，对其他某一国家的文学、文化也要有类似的修养，才能达到比较文学的目的。

杨周翰对这最后一点十分强调，他始终坚持研究外国文学必须与中国联系起来的原则。在发表于1987年《读书》杂志上的《17世纪英国文学书后》一文中，他对中西文学关系作了精到的分析。他指出，十年锁国，与外界情况隔绝，一旦开放便如饥似渴地想了解外国情况，引进了许多现当代的西方文学，这很可理解。这些文学作品固然可以增加我们的知识，“但恐怕很少能激励我们的精神，提高我们的境界”，过去或囿于对文学的狭隘看法，或仅照顾某种需要，我们只强调所谓重点作家或重点时期或某类作品，许多优秀的外国文学遗产还有待开发，总之要历史地、全面地、与中国相联系地来研究外国文学。他还卓有远见地提倡“从一个比较的角度写一段外国文学史”，例如“用时代精神把一批作家串连起来，用他们的作品来说明这一时代的精神面貌”。他指出：“仅在外国或西方的历史和文学的传统范围之内谈论西方作家虽然是完全必要的，但总似乎是看戏，我们是旁观者，并未介入。如果同我们的文学作一比较，就可能在我们和异域文学之间建立了一座桥梁。不论是异是同，一经比较，更容易理解。……当然我们并不是要让外国文学‘熟化’、‘汉化’、‘中国化’，而是做真正的比较。实际上，我们读外国作品都在比较，不过一般不是有意识地比较罢了……我们站在中国文学传统的立场，不仅仅是抱着‘洋为中用’的态度去处理外国文学，而且从中国文学传统的立场去处理它，分辨其异同，探索其相互影响（在有影响存在的地方）”，这有助于对双方的理解。

杨周翰主编的*Literatures*，*Histories*，*Literary Histories*（《多种文学、多种历史、多种文学史》）汇集的是准备于1989年召开的第三届中美双边比较文学会议的论文，这次会议因特殊情况未能召开，于1990年将论文汇集成册，分“叙事，历史与文学史”、“神话与意象：接受和翻译”、“传统：新与旧”三个部分，已于1989年于辽宁教育出版社出版。杨周翰的论文Fictionality in Historical：Different Interpretations（历史的虚构与诠释的不同）在历史叙述和文学叙述的差别方面有很多创见。1988年9月至1989年6月，杨周翰在美国人文研究中心担任客座研究员时，用英文写成三万余字的《欧洲中心主义论评》。全文共分四节：1、中国文学研究中的欧洲中心主义；2、巴罗克与中国诗歌；3、文学的历史分期问题；4、关于欧洲中心主义与文化影响的思考。这篇重要论著由王宁教授翻译，于1990年载于《中国比较文学》第2期。在这篇文章中，杨周翰指出“欧洲中心主义的结果是冲淡，甚至掩盖了中国文学的独特体系，使人们误认为世界上只有一种体系，那就是欧洲体系”。他以西方一些学者用华丽、奇崛、精雕的巴罗克诗风来概括中国文学的某些作品为例，来说明如果欧洲人试图从中国的角度来理解中国文学，学会中国人理解和欣赏自己文学的方式和方法，他们就会发现一个不同的世界，这种发现会扩展他们的视野，也会有助于他们对自己的文学特点达到更深的理解。杨周翰最后热情地号召拆除中心(decentralization)，呼唤一种以各自文化为特点，进行交流对话，互相印证、互相参照、互相补充的新阶段的比较文学。

杨周翰以上这些理论和思想事实上规范了中国比较文学数十年的发展方向。他1983年在加州大学发表的《镜子与七巧板：当前中西文学批评观念的主要差异》一文至今仍是比较文学研究者值得学习的典范。这篇并不太长的文章之所以传世，就在于它并不采用一般静态的罗列、分析、比较的方法，而是将对象置于不断发展的动态之中。例如他认为当时中西流行的两种差异很大的批评方法：一种用镜子来标志，另一种用七巧板来标志。镜子式的批评方法认为文学应当反映社会生活，离不开政治倾向性和教育目的，批评家主要要探讨作家的生活态度和作品的思想内容；七巧板式的批评方法则主要关注作品本身，批评家对作品的态度犹如一位手拿手术刀的外科医师，时刻准备切开作品的各个部分，以找出一部作品的组成零件和组成原则。杨周翰认为中国批评家所专注的，是镜子式地反映在作品中的生活，而西方批评家专注的则是七巧板式的对作品的拆解与分析。

杨周翰认为中国最早的诗歌虽以抒情为主，但中国文学批评传统一向强调社会意义和政治意义，既可针砭时弊，也可赞美时政。孔夫子提出诗的功用在于可以"兴"(从外界获得灵感)，"观"(知识的来源)，"群"(作为外交的工具)，"怨"(社会批判的途径)；《毛诗序》提出："先王以是经夫妇，厚人伦，美教化，移风俗"，最后，宋朝的周敦颐将之归结为"文以载道"。杨周翰认为恩格斯对现实主义的定义（除细节的真实外，再现典型环境中的典型人物），列宁的"反映论"，毛泽东的"在延安文艺座谈会上的讲话"等也都可以和以上的中国文艺理论传统一起归入"镜子"一类。

当时的西方文学批评走的却是另一条迥然不同的路线，虽然有发展有斗争，但批评的总体局面是由"形式主义"(用这个词最宽泛的意义来说）控制的。"形式主义批评"不屑于考虑文学的社会功能，不作道德判断。它是一股与现实主义和教育劝诫相悖的强有力的潮流。"形式主义"着重分析文学创作的"模式"，将作品设想为一个由各部分组成的整体，这些部分像七巧板一样，可以放在一起，也可以拆开，构成种种不同的图案。

但杨周翰并没有停止在静止的分析上。他指出中国文学批评的主流并不是一成不变的。他从“气”的提出和对于“兴”的重新解释，说明陆机从庄子吸取了灵感，在中国文学史上首先提出了有关“想象”的理论，不仅把想象力描绘为打破时空束缚的能力，而且分析了从“想象”到“表达”的实际过程，并在这个基础上形成了“意在言外”，崇尚暗示，崇尚含蓄的最高价值标准。杨周翰认为如果这种文学批评沿着道家——佛教传统发展下去，也许会和西方批评走过的路相汇合，但儒家的心理结构，如清醒的常识，永远着眼于现实，对人伦道德的深刻关怀却一直占有着最有影响的主导地位。

而作为西方文学批评的“形式主义”也不是一成不变，30年代以来一直存在着人文主义对形式主义的反击，如白璧德、福斯特等人的理论。况且艺术作品不可能脱离社会生活而存在于真空中，因此同时出现了历史学派和马克思主义批评家。前者强调文学是由实际发生的事件和真实人物所组成，后者则认为历史事件无非是社会发展规律的表现，因而重视表现本质，将现实理解为冲突及其解决过程。由于“形式主义”不愿超越文学作品的形式范围，其图解式的分析常破坏读者整体的、有活力的感受，使读者感受不到作品的整体性和丰富性。杨周翰认为整体性应是文学作品与生活的统一，丰富性也应是生活本身的丰富多姿。如果不阐明社会力量对一部创作所产生的作用，文学批评就是不完整的，因为批评家的社会意识和观点直接影响着他的艺术分析。

总之，无论是镜子式的，还是七巧板式的文学批评都不是孤立绝缘，而是相互影响，时有交叉的。杨周翰以布拉德雷和梅纳德·麦克对莎士比亚的评论为例，指出布拉德雷用的是悲剧结构分析，通过“暴露”、“冲突”、“危机”、“灾难”、“结局”来进行组织安排。梅纳德·麦克主要用的也是结构主义的形式分析，但却着重于“主题之再现”、“镜子的场景”、

“心灵变化之循环” 等内部行动进展的方法。中国文学批评也是一样，《文心雕龙》就在儒家的思想中，汇入了崇尚想象和“顿悟”的道家和佛教的思想。

杨周翰的结论是：镜子式的探讨和七巧板式的研究都不尽完备。文学批评所需要的应当是一种综合研究，而非彼此排斥，应当择善而从，而不应偏向一面。我们不但应对具体的批评概念进行比较研究，还要对涉及文学批评的那些大问题进行比较研究。也就是说对具体批评概念的比较研究应导向对其后面的思维方式和哲学的深入研究。杨周翰教授的这些精辟见解，无论是对于比较文学界、外国和中国文学研究界、文学理论研究界，直到今天都仍然有十分重要的指导意义。

# 李赋宁先生与中国比较文学

李赋宁先生无疑是中国比较文学最早的发起人之一。早在1980年7月，外国文学学会在成都召开，学会领导人季羡林、李赋宁、杨周翰三位教授再次提出1979年在天津会议上提出的倡议——积极开展比较文学研究，并为完成这一任务，成立相应的学术组织。1981年1月23日，这三位北京大学教授在北大发起组织了中国第一个比较文学研究会——北京大学比较文学研究会。季羡林教授在会上说："现在北大有不少从事文学教学的教师，他们对比较文学的研究有很大的兴趣，我校现在还没有条件成立比较文学系，我们就先成立比较文学研究会，把研究工作在北大先开展起来，造成一个研究比较文学的空气，有计划地开设比较文学课。凡是对比较文学有兴趣、有一定基础的师生员工都欢迎参加北京大学比较文学研究会。我校办的《国外文学》要刊登一些研究和介绍比较文学的文章和资料，在社会上也要倡导这种研究。"会上，由发起人之一，西语系主任李赋宁教授报告了比较文学研究会的筹备经过。参加会

李赋宁先生

议的，还有中文系的吴组缃。通过民主选举，由当时的文科副校长季羡林教授担任会长，西语系主任李赋宁教授担任副会长。

李赋宁在成立会上，作了《什么是比较文学》的专题报告，全文如下：

比较文学研究是文学研究的一个领域。它所研究的对象是国别文学之间的相互关系。《韦氏新世界词典》(Webster's new World Dicitonary)给比较文学(comparative literature)下的定义是："各国文学之间的比较研究，着重研究各国文学之间的相互影响，以及各国文学对相类似的体裁、题材等的各自处理方法”(“the comparative study of various national literatures, stressing their mutual influences and their use of similar forms, themes, etc.”)。比较文学的研究方法有：

(一)文学影响的研究——以往的研究重点是圣经文学和古代希腊、罗马文学对西方国别文学的影响。当前的研究重点是对西方文学作为一个整体的研究，也就是对总体文学(general literature)的研究。

(二)文学研究被接受情况的研究——研究某一国别文学当中的固定题材和主题如何被另一国别文学所接受并加以独立处理的情况。例如，古代罗马喜剧作家普劳图斯(Plautus, 254?—184B.C.)所写的喜剧《一罐金子》(*Aulularia*)的题材是关于一个守财奴的故事。比较文学家就可以研究这个题材如何被17世纪法国古典喜剧作家莫里哀(Molière, 1622—1673)所接受，并且在他的《悭吝人》(*L' Avare*, 1668)喜剧中加以独立的处理和发展的情况。莫里哀创造了守财奴阿巴贡(Harpagon)的典型形象。

(三)翻译问题的研究——着重研究世界文学名著的翻译问题以及国别文学作品互译问题，目的在于提高文学翻译的技巧并加深对作品的理解和欣赏。

(四)诗论和文艺理论的研究——着重研究有关总体文学的理论(theory of general literature)。

以上是比较文学研究所包括的主要方面。由于比较文学研究是一门新的学科，人们对它的理解很不一致，各国研究的重点和方法也不尽相同，因此需要对这门学科做进一步的说明。

首先是“比较文学”这个名称。德语称为Vergleichende Literatur-wissenschaft（比较的文学科学），简称Komparatistik；法语称为littérature compare，简称comparatisme；意语称为letterature comparate；英语称为com-parative literature。从以上名称来看，德语用的是现在分词vergleichende作

定语，修饰文学研究；法语和意语用的是过去分词comparée和comparate；英语用的是形容词comparative。用现在分词和形容词意味着强调比较的动作，用过去分词则强调比较动作的结果。各语种对比较文学这门学科所使用的名称的不同反映了各国研究比较文学的方法也有所不同。强调比较的动作，研究的重点多半放在文学影响上面。德国比较文学研究者大多采取这种研究方法。强调比较动作的结果，研究的重点多半放在文艺理论和总体文学的规律上面。法国比较文学研究者大多采取后面这种研究方法。

歌德(Goethe，1749—1832)在艾克曼(Eckermann，1792 — 1854)写的《与歌德的谈话》(1836)一书里提出了“世界文学”(Weltliteratur)这个新概念。德语复合名词Weltliteratur译成英语是world literature，译成法语是litté rature universelle，译成俄语是мировая литература。这个所谓的世界文学研究和比较文学研究，以及总体文学研究，并不完全是一回事。世界文学实际上等于世界上各个国别文学的总和。世界文学和国别文学的研究方法是相同的，都是采用分析法。国别文学研究着重分析国别文学作品，世界文学研究同样着重分析世界文学名著。比较文学研究和总体文学研究所采用的方法不是分析法，而是综合法。总体文学(litté rature générale)和世界文学(litté rature universelle)的主要区别在于总体文学努力进行综合，而世界文学则致力于分析。国别文学的研究方法是对作品进行严格的分析。在这个分析的基础上，比较文学利用国别文学的研究成果来对国别文学和国别文学的总和——世界文学——进行比较研究。这种比较研究是一种综合研究，这种综合研究的最终目的在于制定出总体文学的文艺理论和规律。比较文学可以被看成是联结国别文学和总体文学的桥梁。总体文学研究是文学研究的最高目标，因为它研究的问题是文学作品的一些最普遍、最根本的问题。总体文学的研究方法是从世界文学史

(即国别文学总和的历史）中提取出若干有代表性和倾向性的因素（例如，古典主义、浪漫主义、巴罗克艺术风格[le baroque]、黑色幽默[black humour]等）来进行比较和综合研究，或从世界文学史中提取关于文艺作品类型的理论(théorie des genres)，以便制定出总体文学类型的理论和规律。例如，从世界文学各种戏剧当中提取共同的成分：从法老戏剧(letheater pharaonique，古埃及戏剧)、古希腊悲剧、中世纪法国神秘剧(mystères)、西班牙圣礼剧(autos sacramentales)、拉辛(Racine，1639－1699)悲剧、伊丽莎白时期戏剧(Elizabethan drama)，以及从伊朗、日本、中国戏剧当中提取共同的成分，以便制定出总体文学的戏剧理论。

比较文学研究不是从19世纪末或20世纪初才开始。早在18世纪，法国启蒙运动作家孟德斯鸠(Montesquieu，1689－1755)曾比较不同节奏语言的诗歌，例如，比较抑扬格和抑抑扬格节奏语言的诗歌(les vers des langues à rhythme iambico—anapestique)以及扬抑格和扬抑抑格节奏语言的诗歌(les vers des langues à rhythme trochaico—dactylique)。他进行这种比较研究的目的在于试图制定出总体文学诗歌格律的理论。稍后，伏尔泰(Voltaire，1694－1723)，努力试图区别那些严格属于史诗类型的因素和那些与史诗类型的本质无关的因素，例如，风俗习惯，宗教道德等因素。伏尔泰所采用的方法也是比较文学的研究方法——比较古代和近代各个国别文学史的史诗类型，从中提炼出史诗类型的本质因素，把这些本质因素加以综合，从而制定出总体文学史诗类型的理论。在古代，拉丁诗人把两三个希腊喜剧拼凑(contaminated)在一起，从而创作出古罗马喜剧。这个例子看起来是个创作方法问题，实际上这个创作方法也包含了比较文学的研究方法。拉丁诗人对古希腊喜剧作品进行分析、比较研究，从中提炼出喜剧类型的本质因素，把这些因素综合成喜剧类型的理论，用它来指导他们自己的喜剧创作实践。在更遥远的古代，亚卡迪安人

(Akkadians)借用苏迈里安人(Sumerians)的神话和史诗里的题材来创作自己的民族史诗《吉尔格迈西》(Gilgamesh,2000 B.C.)。亚卡迪安人的史诗创作方法同样也包含了比较文学研究的一个重要方面—即德国学者所谓的"题材史"(Stoffgeschichte)研究，着重比较相同题材的不同处理方法，从而取长补短，提高创作技巧，并加深对作品的理解。从以上的例子可以看到：比较文学的研究方法古已有之，只是古人并不是有意识地运用这个方法。我们作为现代人，作为20世纪80年代的文学研究工作者，必须有意识地运用比较文学的研究方法，从而丰富我们的文艺理论，并且提高我们的创作水平。

对比较文学研究者来说，必须能够熟练阅读几种外语。欧洲学者一般要求掌握十种语言(Dekaglottismus)，作为比较文学研究者的必备条件之一。这十种语言是：德语、英语、西班牙语、法语、荷兰语、匈牙利语、冰岛语、意大利语、葡萄牙语和瑞典语，外加拉丁语。这十种语言局限于西、北欧国家范围，忽视了斯拉夫语系国家，就欧洲来说，已经是不够全面，何况完全忽视了世界上其他语种：突厥·蒙古语系、波斯语系、马来语系、汉藏语系、黑非洲语系、闪含语系等，也就是说，完全忽视了第三世界国家的民族语言文学。从时间上来看，这十种语言的要求忽视了具有三千年悠久历史的古代印度梵文文学，以及古代希腊文学和古代中国文学。

对我国比较文学研究者来说，应着重研究印度文学、波斯文学、日本文学、俄罗斯文学、英国文学、法国文学等国别文学对中国文学的影响，同时也着重研究中国文学对日本、波斯、印度和欧洲文学的影响。最近有些同志在整理闻一多先生和郭沫若先生的文稿时，发现闻、郭两位先生对西方诗歌十分爱好，曾经把若干首英国文学的著名诗篇译成中文。他们的翻译活动也是中国学者所进行的比较文学研究的一个组成部分。更早的翻译家，除严复、林纾外，还有伍光建、马君武、苏曼殊、徐志摩等人。他们既是翻译家，也是比较文学研究者。鲁迅先生积极翻译、介绍世界文学当中进步的文艺作品，从这个角度来说，称之为优秀的比较文学家，他是当之无愧的。

目前我国培养外语人才，偏重培养单语种人才，显然不能满足比较文学研究的需要。30年代清华大学外语系的培养方案有很大的优点，就是按照比较文学研究的要求来开设课程不局限于某一国别文学。曹禺先生在《雷雨》的序言里谈到他写《雷雨》时曾得力于古希腊悲剧诗人欧里庇得斯(Euripides, 480?—405 B.C.)的悲剧、法国古典悲剧诗人拉辛的悲剧和20世纪美国剧作家尤金·奥尼尔(Eugene O' Neill, 1888—1953)的戏剧。曹禺先生就是一位杰出的比较文学家。在创作《雷雨》过程中，曹禺先生进行了比较文学研究，从不同的国别文学戏剧中提炼出戏剧文学的本质因素，并把这些因素加以综合，使它上升为总体文学的戏剧理论，用它来指导自己的创作实践。

制订30年代清华大学外语系培养方案的人是吴宓教授。他是美国哈佛大学比较文学系白璧德(Irving Babbitt, 1865—1933)教授的学生。他于1921年回国，在南京东南大学任外语系主任，开始讲授欧洲文学和世界文学。后来，吴宓先生又在清华大学讲授《中西诗之比较》等课程，积极提倡比较文学研究。他还把比较文学的研究方法应用到《红楼梦》研究上。

目前，世界各先进国家大学或研究院多半开设了比较文学学系。我国大学尚未设系。为了开展国际文化交流，丰富我国的文艺理论，繁荣我国的文艺创作，加深我国人民对世界文学优秀作品的正确理解和欣赏，培养比较文学研究人才，开展比较文学研究，看来是刻不容缓的。

# 心灵沟通的见证

## 难忘丸山昇先生

丸山昇先生（1931—2006），东京大学教授，1992年退休后，为东京大学名誉教授。多次访华，并在北京大学、社科院文研所、鲁迅博物馆、上海鲁迅纪念馆等地发表讲演。

最初知道丸山昇先生是通过白水纪子女士。她（现在已是白水纪子教授）1976年至1978年间曾在北大留学，是我的现代文学班上的学生。1978年后，她进入丸山昇先生领导的东京大学研究生院中国文学专业学习，很自然地成为丸山昇先生和我之间的学术和友谊的桥梁。我从白水纪子处得知丸山昇先生是日本著名的鲁迅研究专家，并对左联和“两个口号”的论争很有独到的看法，就给丸山昇先生带了一本《新文学史料》，其中详述了为冯雪峰等人平反的消息。丸山昇先生曾回忆说：“1979年初的一天，白水纪子来到我的研究室，告诉我乐先生来信说，‘文化大革

1982年，丸山先生第一次来到中国时，我却未能见到他，我恰好不在国内。直到1986年我们才第一次见面。当时我和美国学者卡罗琳·魏克曼用英语合写的一本回忆录《面向暴风雨》刚刚出版，丸山昇先生一再说愿意将它译成日文，以增进日本人民对中国普通人的了解，我当然也很高兴。

命'中被否定掉的30年代文学再评价的研究会在北京大学召开，会上讨论了我于'文化大革命'期间写的有关鲁迅晚年《国防文学论争》论文的汉译，据说得出了'基本上同意'的结论。到当时为止，那是我生活中获得的最高兴的消息之一。"（《面对暴风雨》跋）

通过白水纪子，我对丸山昇先生有了一个初步了解。特别是对他1972年的新作《鲁迅与革命文学》十分心仪，认为他提出了许多我们没有看到的问题，或者说看到了而未能想透彻的问题。例如该书第三章，他深刻地指出鲁迅接受了马克思主义本质的东西，但却与当时盛行的"左派"观点大不相同。他十分令人信服地对当时流行的"革命文学"、"革命的文学"、"为革命的文学"以至"宣传的文学"等缠夹不清的概念及其内容进行了非常符合实际的辨析，并和日本无产阶级文学的情形作了比较和对照，给了我很多启发。1980年，我编撰《国外鲁迅研究论集》时，特请严绍璗先生将第三章全部译出，收入该文集，让国内学者先睹为快。就在这年我给丸山昇先生寄了一张新年贺卡，他曾高兴地回忆说："这成为我从中国学者手中收到的第一封信。"

1982年，丸山昇先生第一次来到中国时，我却未能见到他，我恰好

1989年，与日本著名汉学家丸山昇教授和伊藤虎丸教授（东京女子大学）在一起，左立者为日本新起优秀汉学家尾崎文昭，右立者为原北大中文系系主任费振刚教授。

不在国内。直到1986年我们才第一次见面。当时我和美国学者卡罗琳·魏克曼用英语合写的一本回忆录《面向暴风雨》刚刚出版，丸山昇先生一再说愿意将它译成日文，以增进日本人民对中国普通人的了解，我当然也很高兴。

然而，这件事付诸实施却是在4年之后。那是1989年深秋，我去东京参加国际比较文学学会理事会（当时我担任该学会副会长，因此得到出国许可）。在东京，再次见到丸山昇先生、伊藤虎丸先生和正在那里讲学的北大中文系主任费振刚教授。当时，大家的心情都很沉重，想说的话不能说，不想说的话又说不出来！我想那是我曾有过的一次最痛苦、最郁闷的午餐了！临别时，丸山昇先生告诉我，他翻译那本回忆录之志已决，主译者是丸山松子夫人和我们共同的朋友白水纪子，后来又加入了宫尾正树先生。1995年，由丸山昇先生任“总监译”的日文版《面向暴风雨》终于在日本著名的岩波书店出版了。丸山昇先生对全书作了极其认真的校改，写了一篇文情并茂的《跋》；我又应先生之邀，为该书写了前言和“终章——我的80 年代”，并对翻译中提出的问题进行了详尽的解析。日文版《面向暴风雨》是我和丸山昇先生之间真诚不灭的友谊的结晶，也是中日人民之间可以相互沟通理解的一个美好的见证。

丸山先生昇和我都生于1931年，不幸先生先我而去，给我留下无尽的哀思和怀念。愿以此短文作为一瓣心香，奉献于先生灵前。

1991年东京，右起天津师大王晓平教授、北大英语系王宁教授、《河殇》作者之一谢选骏先生、南京大学钱林森教授。

# 透过历史的烟尘

## 纪念一位已逝的北大女性

人生在世，总有一些场景，铭刻于心，永远难忘，尽管时光如逝水，往事瞬间就会隐没于历史的烟尘；但这些场景像里程碑，联系着一些人和事，标志着你成熟的某个阶段，已成为你生命的一部分。

你曾注意到未名湖幽僻的拱桥边，那几块发暗的青石吗?那就是我和她经常流连忘返的地方。1952年院系调整，我和她一起大学毕业，一起从沙滩红楼搬进燕园，她当了解放后中文系第一个研究生，我则因工作需要，选择了助教的职业。我们的生活又忙碌，又高兴，无忧无虑，仿佛前方永远处处是鲜花、芳草、绿茵。她住在未名湖畔，那间被称为“体斋”的方形阁楼里。我一有空，就常去找她，把她从书本里揪出来，或是坐在那些大青石上聊一会儿，或是沿着未名湖遛一圈。尤其难忘的是我们这两个南方人偏偏不愿放弃在冰上翱翔的乐趣，白天没空，又怕

1956年夏与朱家玉在未名湖。

别人瞧见我们摔跤的窘态，只好相约晚上十一二点开完会(那时会很多)后，去学滑冰。这块大青石就是我们一起坐着换冰鞋的地方。我们互相扶持，蹒跚地走在冰上，既无教练、又无人保护，我们常常在朦胧的夜色中摔成一团，但我们哈哈大笑，仿佛青春、活力、无边无际的快乐从心中满溢而出，弥漫了整个夜空。

我是她的入党介绍人，她是上海资本家的女儿，入党时很费了番周

折。记得那是1951年春天，我们正在热火朝天地学习文件，准备开赴土地改革最前线。她的父亲却一连打来了十几封电报，要她立即回上海，说是已经联系好，有人带她和她姐姐一起经香港，去美国念书，美国银行里早已存够了供她们念书的钱。她好多天心神不宁，矛盾重重。我当然极力怂恿她不要去，美国再好，也是别人的家，而这里的一切都属于我们自己，祖国的山，祖国的水，我们自幼喜爱的一切，难道这些真的都不值得留恋么?况且当时在我心目中，美国真是一个罪恶的渊薮，美国兵强奸了北大女生，可以无罪开释，二战胜利前夕，我亲身体验了美帝国主义者在中国大后方的霸道横行!我们一起读马克思的书，讨论“剩余价值”学说，痛恨一切不义的剥削。她终于下定决心，稍嫌夸张地和父亲断绝了一切关系。后来，她的父亲由于愤怒和伤心，不久就离开了人世。在土改中，她表现极好，交了许多农民朋友，老大娘、小媳妇都非常喜欢她。土改结束，她就作为剥削阶级子女改造好的典型，被吸收入党。

农村真地为她打开了一片崭新的天地，她在土改中收集了很多民歌。每当人们埋怨汉族太受束缚，不像少数民族有那么多美丽的歌和舞，她就会大声反驳，有时还会一展她圆润的歌喉，唱一曲江南民谣:“沙土地呀跑白马，一跑跑到丈人家……风吹竹帘我看见了她，鸭蛋脸儿，黑头发，红缎子鞋扎梅花，当田卖地要娶她。”她一心一意毕生献身于发掘中国伟大的民间文学宝藏。当时北大中文系没有指导这方面研究生的教授，她就拜北京师范大学的钟敬文先生为师。她学习非常勤奋，仅仅三年时间就做了几大箱卡片，发表了不少很有创见的论文。直到今天，仍然健在的钟敬文教授提起她来，还是十分称赞，有一次还曾为她不幸的遭遇而老泪潸然。

未名湖边的拱桥，我和朱家玉经常聊天的地方，也是我们最后一次见面的地方。

她的死对我来说，始终是一个谜。我们最后一次见面，就是在这拱桥头的大青石边。那是1957年6月，课程已经结束，我正怀着第二个孩子，她第二天即将出发，渡海去大连，她一向是工会组织的这类旅游活动的积极参加者。她递给我一大包洗得干干净净的旧被里、旧被单，说是给孩子作尿布用的。她说她大概永远不会做母亲了。我知道她深深爱恋着我们系的党总支书记，一个爱说爱笑、老远就会听到他的笑声的共产党员。可惜他早已别有所恋，她只能把这份深情埋藏在心底并为此献出一生。这个秘密只有我一个人知道。当时，我猜她这样说，大概和往常一样，意思是除了他，再没有别人配让她成为母亲罢。我们把未来的孩子的未来的尿布铺在大青石上，舒舒服服地坐在一起，欣赏着波动的塔影和未名湖上夕阳的余辉。直到许多许多年以后，我仍不能相信这原

来就是她对我、对这片她特别钟爱的湖水，对周围这花木云天的最后的告别式，这是永远的诀别！

她一去大连就再也没有回来！在大连，她给我写过一封信，告诉我她的游踪，还说给我买了几粒非常美丽的贝质钮扣，还要带给我一罐美味的海螺。但是，她再也没回来！她究竟是怎么死的，谁也说不清楚。人们说，她登上从大连到天津的海船，全无半点异样。她和同行的朋友们一起吃晚饭，一起玩桥牌，直到入夜11点，各自安寝。然而，第二天早上却再也找不到她，她竟这样离开了这个世界，永远消失，无声无息，全无踪影！我在心中假设着各种可能，惟独不能相信她是投海自尽！她是这样爱生活，爱海，爱天上的圆月！她一定是独自去欣赏那深夜静寂中的绝对之美，于不知不觉中失足落水，走进了那死之绝对！她一定是无意中听到了什么秘密，被恶人谋杀以灭口；说不定是什么突然出现的潜水艇，将她劫持而去；说不定是有什么星外来客，将她化为一道电波，与宇宙永远冥合为一……

这时，“反右”浪潮已是如火如荼，人们竟给她下了“铁案如山”的结论：顽固右派，叛变革命，以死对抗，自绝于人民。根据就是在几次有关民间文学的“鸣放”会上，她提出党不重视民间文学，以至有些民间艺人流离失所，有些民间作品湮没失传；她又提出“五四”时期北大是研究民间文学的重镇，北大主办的《歌谣周刊》成绩斐然，如今北大中文系却不重视这一学科。不久，我也被定名为“极右分子”，我的罪状之一就是给我的这位密友通风报信，向她透露了她无法逃脱的等待着她的右派命运，以至她“畏罪自杀”，因此我负有“血债”。还有人揭发她在大连时曾给我写过一封信(就是谈到美丽钮扣和美味海螺的那封)，领导“勒令”我立即交出这封信，不幸我却没有保留信件的习惯，我越是忧心如焚，这封信就越是找不出来，信越是交不出来，人们就越是怀疑这里必有见不得人的诡计！尽管时过境迁，转瞬37年已经过去，然而如今蓦然回首，我还能体味到当时那股焦灼和冷气之彻骨！

1981年，我在美国哈佛大学进修，普林斯顿大学的一个朋友突然带来口信，说普林斯顿某公司经理急于见我一面，第二天就会有车到我住处来接。汽车穿过茂密的林荫道，驶入一家幽雅的庭院，一位衣着入时的中年女性迎面走出来，我惊呆了！分明就是我那早在海底长眠的女友！然而不是，这是1951年遵从父命，取道香港，用资本家的钱到美国求学的女友的长姊。她泪流满面，不厌其详地向我询问有关妹妹生活的每一个细节。我能说什么呢？承认我劝她妹妹留在祖国劝错了吗？诉说生活对这位早夭的年轻共产党员的不公吗？我甚至说不清楚她究竟如何死，为什么而死！我只能告诉她我的女友如何爱山，爱海，爱海上的明月，爱那首咏叹“沧海月明珠有泪”的美丽的诗！如今，她自己已化为一颗明珠，浮游于沧海月明之间，和明月沧海同归于永恒。

# “啊！延安……”

1948年，我同时考上了北京大学和后来迁往台湾的中央大学、中央政治大学还有提供膳宿的北京师范大学。我选择了北大，只身从偏僻遥远的山城来到烽烟滚滚的北方。其实，也不全是“只身”，一到武汉，我就找到了北京大学学生自治会的新生接待站。接待站负责人程贤策是武汉大学电机系的高才生，却在这一年转入了北京大学历史系。相熟后他告诉我，他所以转系就是因为他认为当时不是科学救国的时机，他研究历史，希望能从祖国的过去看到祖国的未来。他体格高大，满脸笑容，有条不紊地组织我们这帮二十几个人的“乌合之众”，沿长江顺流而下，到上海转乘海船，经黑水洋直达塘沽，再转北京。他是我第一个接触到的，与我过去的山村伙伴全然不同的新人。他对未来充满自信，活泼开朗，出口就是笑话，以至后来得了“牛皮”的美称。记得那天黄昏时分过黑水洋，好些人开始晕船。我和程贤策爬上甲板，靠着船舷，迎着猛烈的海风，足下是咆哮的海水，天上却挂着一轮皎洁的明月。他用雄浑的男低音教我唱许多“违禁”的解放区歌曲，特别是他迎着波涛，低声为我演唱的一曲“啊！延安，你这庄严雄伟的古城……热血在你胸中奔腾……”更是使我感到又神秘，又圣洁，真是无限向往，心醉神迷。他和我谈人生，谈理想，谈为革命献身的崇高的梦。我当时17岁，第一次懂得了什么是人格魅力的吸引。

北京不如我想象中的壮观、美丽，从山清水秀的故乡来到这里，只觉得到处是灰土。前门火车站一出来，迎面扑来的就是高耸尘封的箭楼，不免令人感到压抑。但是一进北大，情况就完全不同了。尽管特务横行，北京大学仍是革命者的天下。我们在校园里可以肆无忌惮地高歌:“你是灯塔”，“兄弟们向太阳，向自由”，甚至可以公开演唱“啊，延安……”，北大剧艺社、大地合唱团、民舞社、读书会全是革命者的摇篮。那时北大文学院各系科的新生都住在城墙脚下的国会街，就是当年曹锟贿选，召开伪国会的“圆楼”所在地，当时称为北大四院，今天是新华社的办公地点。程贤策一到校就担任了北大四院的学生自治会主席，我也投入了党的地下工作。接着到来的是一连串紧张战斗的日子，我们都在工作中沉没，我和程贤策也就逐渐“相忘于江湖”。

直到三年后，我们又一起参加了农村的土地改革。那时，北大文、史、哲三系的绝大多数师生都去江西参加革命锻炼，我们和很少几个地方干部一起，组成了中南地区土改工作第十二团，一些著名学者如唐兰、废名、郑天挺等也都在这个团，参加了与贫下中农同吃、同住、同劳动的行列，程贤策则是这个团的副团长，掌管着全体北大师生的政治思想工作。

我们这些全然没有社会经验、也全然不懂得中国农村的知识分子和青年学生突然掌握了近十万农村人口的命运，甚至有了生死予夺的大权！我们当然只有绝对服从上级命令，绝对按照《土改手册》的条条框框行事。我被派为一个拥有四千多人口的大村的土改工作组组长，我当时不过19岁，经常为如此重大的任务，内心深处感到十分茫然，十分缺乏自信，有时甚至浑身发冷！当时正值大反“和平土改”，上级指示：要把地主阶级打翻在地，踏上一万只脚，农民才能翻身。我们村已经按《手册》划出了八个“地主”，上级还是认为不够彻底；直接领导我们的、当地的一位副县长一再指出我们这个村是原“村公所”所在地，本来就是恶霸村长的“黑窝”，一定要狠批狠斗。他多次批评我们这些知识分子思想太“右”，手太软，特别我又是个“女的”，更是不行。他多次指示当务之急是要彻底打倒地主威风，重新“发动群众”。由于总感到我这个“女组长”极不得力，后来终于亲自出马，突然带了几个民兵，来到我们村，宣布第二天开大会，八个地主统统就地枪决。我争辩说，《手册》规定只有罪大恶极的恶霸地主才判死刑，他说我们这里情况特殊，不这样，群众就发动不起来，又告诫我要站稳立场。我无话可说。第二天大会上，我亲眼看见好几个妇女在悄悄流泪，连“苦大仇深”的妇女主任也凑在我的耳边说：“那个人不该死！”她说的是在上海做了一辈子裁缝的一个老头，他孤寡一人，省吃俭用，攒一点钱就在家乡置地，攒到1949年这一生死界限（土改以这一年占有的土地为标准划阶级），刚好比“小土地出租者”所能拥有的土地多了十余亩！这个裁缝并无劣迹，还常为家乡做些善事，正派老百姓都为他说情，但我们只能“按照规章办事”！我第一次面对面地看见枪杀，看见“陈尸三日”。我不断用“阶级斗争是残酷的”这类教导来鼓舞自己，但总难抑制心里说不清道不明的悲哀。好不容易支撑了一整天，晚上回到我所住的村公所，不禁瘫倒在楼梯脚大哭一场。那时村公所只住着我和废名教授两个人，他住楼下，我住楼上。不知道什么时候，他来到我身边，把手放在我头上，什么也没有说。我抬起头，发现他也是热泪盈眶！

不久，工作团开全团“庆功会”，总结工作。我怀着满腔痛苦和疑虑去找程贤策。他已完全不是黑水洋上低唱“啊！延安……”的程贤策了。他显得心情很沉重，眼睛也已失去了昔日的光彩。但他仍然满怀信心地开导我，他说我们不能凭道德标准，特别是旧道德标准来对人对事。“土改”的依据是“剥削量”，“剥削量”够数，我们就有义务为被剥削者讨还血债。至于“量”多一点或少一点，那只是偶然，不可能改变事情的实质。恩格斯教导我们：“认识必然就是自由”，有剥削，就有惩罚，这是必然，认识到这一点，你就不会有任何歉疚而得到心灵的自由。这番话对我影响至深，后来凡遇到什么难于承受的负面现象，我都努力将其解释为“偶然”，听毛主席的话则是顺从“必然”。程贤策又通过他自己的亲身经历告诉我，他最近才认识到：由于我们的小资产阶级出身，我们应该对自己的任何第一反应都经过严格的自省，因为那是受了多年封建家庭教育和资产阶级思想侵蚀的结果。尤其是人道主义、人性论，这也许是我们参加革命的动机之一，但现在已成为马克思主义阶级学说的对立面，这正是我们和党一条心的最大障碍，因此，摆在我们眼前最重要的任务就是彻底批判人道主义、人性论。他的一席话说得我心服口服，不知道是出于我对他从来就有的信任和崇拜，还是真的从理论上、感情上都“想通了”。总之，我觉得丢掉了多日压迫我的、沉重的精神包袱，于是，在庆功总结大会上，我还结合自己的亲身体验和思想转变作了批判人道主义、人性论的典型发言。

虽然同在一个学校，而且他后来还担任了我所在的中文系党总支书记，但我再单独面对他，已是十年之后的事了。这十年发生了多大的变化啊！1958年，我已是人民最凶恶的敌人——极右派，被发配到京西丛山中一个僻远的小村落去和地、富、反、坏一起接受“监督劳动”。和我们在一起的还有到农村接受贫下中农再教育，并充当我们的监督者的“下放干部”。1961年，几乎全国都沉落在普遍的饥饿中，许多人都因饥饿而得了浮肿。程贤策代表党总支到我们的小村落慰问下放干部。那时，横亘在我们之间的已是“敌我界限”！白天，在工地，他连看也没有看我一眼。夜晚，是一个月明之夜，我独自挑着水桶到井台打水。我当时一个人单独住在一个老贫农家。这是沾了“右派”的光。下放干部嫌我们是“臭右派”不愿和我们朝夕相处，让六七个男“右派”集中住到一间农民放农具的冷屋中，女“右派”只我一人，原和四位女下放干部挤在一个炕上，她们大概总觉不太方便。例如有一次，她们冒着严寒，夜半去附近村落收购了很多核桃，用大背篓背回，连夜在屋里砸成核桃仁，准备春节带回家过年。收买农产品是下放干部纪律绝对禁止的，她们见我这个“敌人”无意中窥见了她们的秘密，不免有几分狼狈，又有几分恼怒，没几天就把我赶出屋去和一对老贫农夫妇同住。我和老大爷、老大娘同住一个炕上，他们待我如亲生儿女，白天收工带一篮猪草，晚上回家挑满水缸，已成了我的生活习惯。我把很长很长的井绳钩上水桶放进很深很深的水井，突然看见程贤策向我走来。他什么也没有对我讲，只有满脸的同情和忧郁。我沉默着打完两桶水，他看着前方，好像是对井绳说：“也难得有这样的机会，可以这样深入长期地和老百姓生活在一起。”过一会儿，他又说“党会理解一切”。迎着月光，我看见他湿润的眼睛。我挑起水桶扭头就走，惟恐他看见我夺眶而出的热泪！我真想冲他大声喊出我心中的疑惑“究竟发生了什么事？这一切究竟是为什么？这饥饿，这不平，难道就是我们青春年少时所立志追求的结果吗？”但我什么也没有说，我知道他回答不出，任何人也回答不出我心中的疑问。

时日飞逝，五年又成为过去。我万万没有料到我和程贤策的最后一次相见竟是这样一种场面！1966年"文化大革命"风起云涌，几乎北大的所有党政领导人都被定名为"走资本主义道路的当权派"，被揪上了"斗鬼台"。身为中文系党总支书记的程贤策当然也不能例外。记得那是六月中旬酷热的一天，全体中文系师生都被召集到办公楼大礼堂，这个大礼堂少说也能容纳八百人，那天却被挤得水泄不通，因为有许多外系的革命群众来"取经"。我们这些"监管对象"——专门被强制来看"杀鸡"的"猴儿"——有幸被"勒令"规规矩矩地坐在前三排。一声呼啸，程贤策被一群红卫兵拥上主席台。他身前身后都糊满了大字报，大字报上又画满红叉，泼上黑墨水，他被"勒令"站在一条很窄的高凳（就是用来支铺板铺床的那种）上，面对革命群众，接受批判。我坐在第二排，清楚地看到他苍白的脸，不知是泪珠还是汗水一滴一滴地流下来。批判很简短，走资派、地主阶级的孝子贤孙、文艺黑线的急先锋、招降纳叛的黑手、结党营私的叛徒等罪名都在预料之中，但"深藏党内的历史反革命"却使我骤然一惊，接着又有人揭发批判说他是国民党青年军打入共产党的特务。像他这样一个襟怀坦荡的人，有可能是"深藏"的"特务"吗？他倒是开玩笑说他的游泳技术是以横渡缅甸的伊洛瓦底江，难道就是因为这样一句玩笑话吗？我正在百思不得其解，又一声呼啸，程贤策被簇拥下台，一顶和他的身高差不多的纸糊白帽子被扣在他的头上，顿时又被泼上红墨水、黑墨水，墨水掺和着汗水流了一脸！革命群众高喊革命口号，推推搡搡，押着程贤策游街，我目送他慢慢远去，根本挪不动自己的脚步！

这一天的革命行动终于告一段落，我们都被放回了家。我家里还有幼小的孩子，急急忙忙回家买菜作饭，头脑里是一片空白！我去小杂货铺买酱油时，突然发现程贤策正在那里买一瓶名牌烈酒。他已换了一身

> 1948年，我和程贤策一起来到北京大学，这里有我们的青春，我们的梦，我们的回忆，也有无数我们对生活、对苍天的疑问。这一切，连同那一曲迎风高歌的 “啊！延安……” 都将化为烟尘，随风飘散，再无踪影，只有那黑水洋上翻滚的波涛和那无垠星空中一轮皎洁的明月将永远存留在我心底。

干净衣服，头发和脸也已洗过。他脸色铁青，目不斜视，从我身边走过，我不知道他是真的没有看见我，还是视而不见，还是根本不想打招呼，总之，他就是这样从我身边走过，最后一次！我当时默默在心里为他祝福："喝吧，如果酒能令你暂时忘却这不可理解的、屈辱的世界！"

我们那时生活非常艰难，每天都被"勒令"在烈日之下趴在地上拔草十来个小时，同时接受全国各地来串联的革命小将的批斗（包括推来搡去和各种千奇百怪的"勒令"）。就在这样的情景下，全国最优秀的翻译家之一，曾为周总理翻译的吴兴华教授中暑死了；著名的历史学家、北大图书馆馆长向达教授被"勒令"收集革命小将们扔得满校园的西瓜皮，晕倒在地，未能得到及时救治，也死了。在这重重噩耗中，我的心已经麻木冻僵，似乎已经不再会悲哀。后来，我被告知我心中的那个欢快、明朗，爱理想、爱未来的程贤策就在我买酱油遇见他的那天后不久，一手拿着一瓶烈酒，一手拿着一瓶敌敌畏，边走边喝，走向香山的密林深处，直到生命的结束。当"大喇叭"在全校园尖声高喊"大叛徒、大特务程贤策自绝于党，自绝于人民，罪该万死，死有余辜"时，我已经没有眼泪，也没有悲哀，只是在心里发愁：在这酷热的盛夏，在那人人要划清界限，惟恐沾身惹祸的日子里，程贤策的妻子怎样才能把他的尸体从那幽深的密林送到火葬场啊！？

1948年，我和程贤策一起来到北京大学，这里有我们的青春，我们的梦，我们的回忆，也有无数我们对生活、对苍天的疑问。这一切，连同那一曲迎风高歌的 "啊！延安……"都将化为烟尘，随风飘散，再无踪影，只有那黑水洋上翻滚的波涛和那无垠星空中一轮皎洁的明月将永远存留在我心底。

燕南园

# 绝色霜枫

1978年，我和家麟终于又见面了。1958年一别，经过十年监督劳动、十年文化大革命，我们之间已是整整二十年不通音讯！一首儿时的歌曾经这样唱：“别离时，我们都还青春年少，再见时，又将是何等模样？”我不知他对我这二十年变化出来的“模样”有何感触；然而岁月和灾难在他身上留下的烙印却使我深深地震骇！古铜色的脸，绷紧着高耸的颧骨，两眼深陷，灼然有光，额头更显凸出，我甚至怯于直视他那逼人的眼神。我想鲁迅笔下那个逼问着“从来如此……便对么”的狂人一定就有这样的眼神！真的，二十年前那个风流倜傥，才华横溢，充满活力，不免狂傲的共青团中文系教师支部书记已是全然绝无踪影！我不免想起阿Q临刑前所唱的那一句“二十年又是一条好汉”！二十年已经过去，在我面前的，果真是另一条好汉么？

记得我们初相识，他才二十一岁，刚毕业就以优异成绩留北大中文系任教，一直做共青团的工作。我呢，比他年长两岁，也是少年得志，

1956年担任了中文系教师党支部书记。我们那时真是从心里感到前途繁花似锦，海阔天空。我和家麟都师从王瑶先生，都喜欢浪漫主义，都欣赏李白的狂气，都觉得我们真的是“早晨八九点钟的太阳”，中国未来的希望都寄托在我们身上。于是我们策划了一个中级学术刊物(策划而已，并未成形)，意在促年轻一代更快登上文艺研究舞台；于是我们想出了一个“当代英雄”的刊名，于是新留校的好几位青年教师都“团结在我们周围”，加入了我们的“集团”(其实他们中间好几位的参加无非只是因为这个“集团”的组织者是党、团支部负责人)，于是我们被“一网打尽”，成为北京大学中文系“最恶毒”的“反革命集团”，于是我和家麟作为集团的“头目”被定为“极右派”，发配下乡，监督劳动，开除公职，开除党、团籍，每月生活费人民币16元。那时，我自己和家麟的妻子都正在生育第二个孩子，家麟当时还有老母幼妹，妻子又仅仅是一个小小资料员，靠着这一点点生活费，我真不知道他的日子怎么能过得下去！然而，这日子毕竟过下去了，过下去的结果就是今天站在我面前的，黧黑、消瘦、面目全非的新的家麟！

家麟这二十年的遭遇我不想再说，也不忍再说。只说一点，其余皆可想见。他告诉我他被监禁在监管“劳动教养”分子的茶淀农场，在那里度过了大部分时光。在那“大跃进”、大饥馑的年代，他曾在饥饿难熬之时，生吃过几只癞蛤蟆和青蛙；他又告诉我，他的同屋，一个少年犯，养了一只蟋蟀，这是和少年一起抗拒孤独的惟一伙伴，是他的最心爱之物。然而有一天，这只蟋蟀竟然被同屋的另一个犯人活活嚼食了！少年哭着直往墙上撞头，边撞头，边喃喃：“活着还有什么劲，活着还有什么劲！”吃了蟋蟀的人跪在少年面前认罪，磕头如捣蒜。我听得心里直发毛，家麟冷冷地说，有什么办法？这是饥饿！

后来，家麟曾送给我一首诗，他说这是专为我而写的。诗如下：

**咏枫(仄韵)赠友人**

凛冽霜天初露魄，
红妆姹紫浓于血。
回目相望空相知，
衰朽丛中有绝色。

这首诗可以有许多不同层次的解读，它似乎总结了我们的一生，回顾了我们的挫败，赞美了我们曾经有过的美好理想和满腔热血，也叹息了青春年华的虚度和岁月不再；然而最打动我的却是最后一句："衰朽丛中有绝色"！它意味着过去的艰难和痛苦并非全无代价，正是这些艰难和痛苦孕育了今天的成熟和无与伦比的生命之美！

是的，谁能否认家麟这最后18年生命的焕发和成果的辉煌呢？由于教学和科研的突出成就，许多别人梦寐以求的光荣称号纷纷落在他的头上，诸如劳动模范、教书育人先进工作者等。他的学术著作《李白十论》、《诗缘情辩》、《文学原理》先后获得各种优秀成果奖；《文学原理》一书还被台湾的出版社重印并推荐为大学教材。他编撰的《李白资料汇编》、《李白选集》，主编的《中国文学史》、《中国语言文学》合起来足有数百万字。他为本科生、研究生、进修生开设了十余门课程，听课学生时常挤满了能容纳二三百人的教室。他在学术界已享有崇高威望，除担任中央民族大学教授和校学术委员会常委外，还担任了中国李白研究会副会长、中国杜甫研究会副会长、中国唐代文学学会副会长等学术兼职。对一个在监禁劳改环境中耗损了二十年，已是年近半百才开始重新生活的中年人来说，既无人际关系基础，又无雄厚的学术底气，要取得以上如此辉煌的成就，除了以生命和鲜血为代价，再无别的途径。他昼夜忙于

裴家麟为了著述，以心智、精力乃至生命为代价。

教学和研究，没有时间去医院，也不顾时常感到的隐约的病痛，任随癌细胞在他的肺部和大脑中蔓延。他经常是累了一盅一盅饮烈酒，困了大杯大杯喝浓茶，劣质烟草更是一支接一支灌进肺里。家麟终于在日以继夜的劳累中耗尽自己。他完成了自己的宏愿，在“衰朽”中铸就了“霜枫”的“绝色”。

然而，家麟实在去得太早了，他一定是怀着遗憾离开这个世界的。记得1996年夏，我将去澳大利亚逗留一段时期，行前曾去看他。他刚动过大脑手术，但精神和体力似都还健旺。我们相约等我回来，还要讨论一些问题，特别是关于他的《文学原理》，我曾提过一些意见，我们都很希望能进一步深谈。我们还计划一起去参加一个学术会议，以便可以有较多时间在一起。那时，虽然他的身边并无亲人，他的妻子已然早逝，他的两个儿子在他手术后也不得不返回他们承担着工作的异国他乡，但他并不特别感到孤独，他的学生和徒弟轮流守候在他身旁。所谓“徒弟”指的是他在茶淀农场当八级瓦工时调教出来的几个小瓦工，这时他们也都已是中年壮汉了。家麟和他这几个徒弟的情谊可真是非同一般。记得我们刚从鲤鱼洲五七干校回来时，所住平房十分逼促，朝思暮想，就是

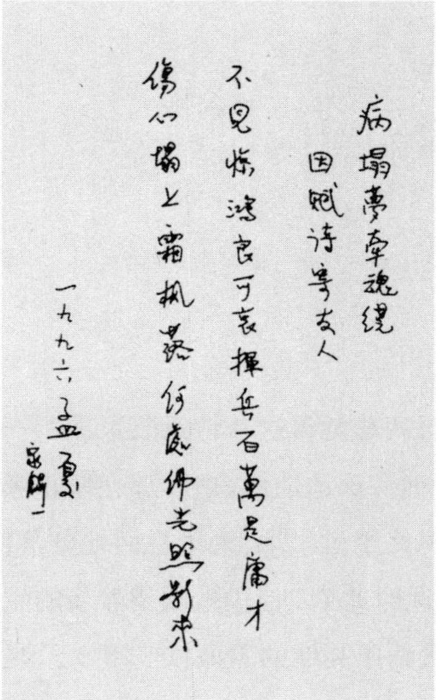
病榻梦牵魂绕
因赋诗寄友人
不见惊鸿良可哀 挥毫百万是庸才
伤心榻上霜枫艳 何处佛光照影来
一九九六年孟夏
家麟

裴家麟诗稿手迹

在院子里搭一个小厨房，以免在室内做饭，弄得满屋子呛人的油烟。但在那个年月，砖瓦木石，哪里去找？劳动力也没有！家麟和我第一次见面，得知我的苦恼，就说这不成问题！果然那个周末，来了四个彪形大汉，拉来一车建筑材料。他们声称自己是家麟的徒弟，不到半天。小厨房就盖好了，他们饭不吃，酒不喝，一哄而散，简直像是阿拉丁神灯中的魔神，用魔力创造了奇迹！这几个徒弟每年都要来给师傅拜年，还常来陪师傅喝酒。家麟住院后，他们守候在家麟的病床前，日日夜夜！他的研究生对他之好，就更不用说了。我于是放心地离开，去了澳大利亚。

1996年冬天回来，正拟稍事休息就去探望家麟，没想到突然传来噩耗：1997年1月9日，家麟竟与世长辞！家麟的同班同学石君(他很快即追随家麟而去，也是癌症。愿他的灵魂安息)给我看家麟写的最后一首诗，题目也是赠友人，这是他最后在病室中写成的，是他的绝笔。诗是这样：

**病榻梦牵魂绕因赋诗寄友人**

不见惊鸿良可哀，
挥兵百万是庸才。
伤心榻上霜枫落，
何处佛光照影来？

他是多么不甘心就这样撒手人寰啊！我总觉得这首诗意蕴很深，一时难以参透！只有第三句，我想是表白了他深深地遗憾，遗憾那在寒霜凛冽中铸就，眼下正在蓬勃展开的艳丽红枫终于过早地、无可挽回地萎落！这蓬勃，这艳丽将永不再来！然而，就在此时此刻，他仍然渴望着新的生机，渴望着那不可知的“佛光”或许能重新照亮他的生命！这“佛光”是不是就是第一句诗中所说的、一直盼望着的“惊鸿”呢？这“惊鸿”始终未能出现，使他深深的痛苦和悲哀。惟有第二句，我怎么想也想不明白：“挥兵百万是庸才”，是说我们的国家曾经十分强大，曾经有过极好的机遇，却因指挥不当而造成了无法弥补的灾难？是说中国知识分子本应一展雄才，力挽狂澜，却个个庸懦，俯首就戮？啊！家麟，在这生命的最后时刻，你究竟想说一点什么？想总结一点什么？想留下一点什么？

1997年1月9日，聪明睿智、热情奔放，与人肝胆相见的“川中才子”、“四川好人”裴家麟从此永逝。他未能如我们曾经相约的，高高兴兴地一起进入21世纪。生活曾为他铺开千百种可能：他可能成为伟大的诗人，成为划时代的文学史家，成为新兴文学理论的创建者，也可能成为真正不朽的战士。

然而，“伤心榻上霜枫落”，家麟从此永逝！

1998年7月于北京大学朗润园

# 他与死神擦肩而过

人们常说“因祸得福”，真是言之不虚！我来到接受监督劳动指定的地点——崇山峻岭脚下的东斋堂村。我被安排和四位下放女干部睡在一个炕上。虽然我被挤到炕席边上一条窄得不能再窄的凹凸地带，但仍然使她们感到比以前拥挤；况且深更半夜，我常不得不窥见她们正在做的不愿别人得知的事情！例如一个月黑夜，她们背着大背篓进门的声音惊醒了我。原来她们向村民收购了一批核桃，正倒在地上，用锤子砸出核桃仁，准备春节带回家。下放干部向村民买东西是绝对禁止的，虽然我假装入睡，但她们还是深感不便。过了几天，我就被“勒令”搬到农民家中，进一步接受贫下中农再教育，从此开始了一年多和大娘、大爷同住一个炕上的幸福生活。

这三间向阳的南屋，是从地主家分来的，温暖而明亮。对面的北屋却是又冷又暗，原是存放农具的去处，施于力和其他三个右派学生就住在这里。施于力以其博学多才、思维敏捷留任中文系助教，为时不过一两年。他以他的热忱助人，活泼欢快，很快就被选为工会文体委员，又以他的机智幽默，能言善辩，所到处总是让人笑声不断，而有“活宝”之称。他的父亲是20年代著名的无政府主义者，施于力时常宣扬当时无政府主义的影响大于马克思主义，而且说，你没看见吗？大作家巴金的名字就是无政府主义的祖师爷巴枯宁、克鲁泡特金的首尾二字，足见他对无政府主义的崇拜。他太爱开玩笑，太爱出奇制胜，太爱故作惊人之语，反右开始不久，他就被划为右派，又因“拒不检讨，死不认罪”最终被定为“极右派”。如今，他被当作“敌人”监督劳动，但仍然身强力壮，爱干活，爱说笑。老乡们都很喜欢他。哪家有好吃的东西也都喊他去吃。尤其是和我同睡一炕、无儿无女的韩大爷和韩大妈更是把我们俩当做自己的亲生儿女。每月，当应交售的鸡蛋完成定额之后，大妈总会把我们叫到一块，用交售剩下的鸡蛋让我们吃上一次八九个鸡蛋的大餐，有时还加上不知哪里弄来的粗面粉，给一人做一个大鸡蛋饼。

初春耕地时节，就是施于力和我最快乐的时光。东斋堂地处山沟之中，没有平坦成片的田野，只有在大山边上开垦出来的狭长的小片土地。所谓耩地就是在已经平整好的松软土地上，用一种特殊的“篓犁”剖开土面，将谷子播种到地里。这是几千年前中国就已经使用的农业技艺。韩大爷总喜欢叫施于力和我去大山里。干活儿时，施于力走在最前面，充当牲口的脚色，拉着犁往前走（这个活儿一般用小毛驴，大牲口会踩坏土地，还转不过弯，人，当然更灵活）；韩大爷走在中间，扶着篓犁，边走边摇，将篓里的谷种均匀地撒播在同时开出的犁沟中；我走在最后面，用齿耙轻轻盖上和压紧犁沟面上的浮土。我们三人就这样走过来，走过去，踏着又松又软的泥土，倾听着山间的鸟鸣，呼吸着松树和刚抽芽的核桃树散发出来的清香，忘却了人世间的一切烦恼。韩大爷怕我们累，休息时间总是很长。这时，他坐在树荫下抽一袋烟，我躺在地头小草上，享受着温暖的阳光和大自然的静谧；施于力则跑来跑去，搜寻着松鼠藏在树洞里的核桃和遗留在地里的白薯头，好像有用不完的精力，偶有所获，就快乐地呼唤，即使是一个核桃，也是三人分而食之。

## 大夫不给右派治病

转瞬到了收获核桃的季节。核桃是山村的主要特产，上山打核桃更是一年的重要农活。施于力年轻，身手矫健，又善于爬树，自然成了收核桃的主力。这天，是个大晴天，我们生产小队来到很偏远的一座山坡，大家都很高兴，用长竿晃悠着地上够不着的核桃，欢声笑语，一片喧哗。施于力兴高采烈地爬上一棵枝叶茂密的大核桃树，用竿子拨弄更高枝叶上的核桃，但树梢太高了，仍然够不着。他又登上一根更细更高的树干，树干直摇晃，仿佛承受不了他的重量。老队长在下疾呼："下来！快下来！"话声未落，咔嚓一声，施于力已从树梢上摔了下来！可怜的施于力，脸色苍白，四肢瘫软，人事不知！众人七手八脚，好不容易将他抬出山外，放倒在那间阴冷屋子的炕上。老队长说要是到山外的区卫生院，百余里山路太颠簸，恐怕病人受不了，就专门派了一个人去卫生院，想请一个医生来。等到快半夜，派去的人回来说，卫生院领导一听是个右派，就说大夫已下班，不能为一个右派去大夫家找人加班，况且东斋堂在山里，不通车，夜里无法走，明天再说！第二天等了一天，仍然不见大夫的踪影！好些老乡给施于力送来鸡蛋、芝麻等食品，但施于力还是不吃不喝，昏睡不醒。一直到傍晚，看来等大夫是没有希望了！老队长说最严重的是一天一夜不曾小便，再拖下去，只怕会中毒，太危险！他决定走六七个小时的山路，到更深的深山里去请一位高人！这是他的一个老朋友，七十余岁了。据说医术十分高明，有家传奇技，治愈过无数跌打损伤的病人。夜深了，我一直守候在施于力身边。他呼吸微弱，肚子从薄薄的衣服中鼓起。我多么希望他能哪怕是苏醒一分钟，喝一口水，有一点小便！我唯恐错失这样的机会，一分钟也不敢闭眼！心里想着无论如何应该将他送进医院！

天刚蒙蒙亮，老队长从深山里回来，领着一个白胡子飘逸、鹤发童颜的老者。他们把施于力翻过身来，脱去上衣，在他的脊柱两旁用很长的针扎了四针，然后用一根短针又扎了四针，然后用一根短针在他的腰部插进皮肤，斜着往外挑，环腰挑了几十针，挑出一些灰白色约二三厘米长，类似短线头的东西。我看得目瞪口呆！这是什么？是人的神经吗？是寄生虫吗？是什么分泌物吗？不到一小时，这些莫名之物在我拿着的小碗中就装满了小半碗。这时，施于力发出了一声长长的叹息，睁开了眼睛，大量小便湿透了被褥和炕席！我立即用我的被褥替他换上，清洗干净，在炕上烘干。接着，施于力吃了一小碗小米粥，一小碗鸡蛋羹。第三天，施于力完全复原，又开始了和过去一样的生活！对于多年深受科学精神熏陶的我来说，如果不是亲眼目睹，我是绝对不会相信施于力被治愈的奇迹！老队长告诉我，这叫“挑白痧”，是民间绝艺，眼下已经没有几个会操作了！

## 死于红卫兵的乱棍下

不管怎样，施于力总算捡回了一条性命！所谓“大难不死，必有后福”。1961 年末，北大在斋堂公社创建的干部下放点和“右派”劳动监督站全部撤离。许多“右派”被遣送回原籍或到更边远的农场劳动。施于力和我却幸运地被允许返回北大，恢复公职。据我所知，周围被“监督劳动”的北大“极右派”，好像只有他和我得到这样的“荣宠”。有人说这是因为领导征求意见时，贫下中农为我们两人说尽了好话！回到北大后，我们这样的人当然不能再直接面对学生，以免向他们“放毒”，因此被分配到中文系资料室。我的工作是为上课教师的文言教材作详细注释；施于力则被分配作一些油印资料等打杂的事。我们毫无怨言，以为可以心安理得地过一段平静的日子。然而，事与愿违，当一切都已安定下来，施于力突然接到一纸调令，说是为了支援边疆教育事业，他必须立即返回故乡——云南，到箇旧第一中学报到。至于我，由于反对“三面红旗”、“右派翻天”，又遭遇了新的不幸。

施于力就这样走了，没有留下一个字，一句话。他是一个狂傲之人，不屑于去求人，去“运动关系”，甚至连调动的原因他都没有去打听！后来，就再也没有听到他的消息。听说他这个“极右派”，由于“死不认罪”，被击毙于红卫兵的乱棍之下。

我的密友，就这样以不同的方式各自走完了他们短暂的人生！五十年过去了，新时期开始，他们都被证明是中华民族优秀的儿女。

愿他们的灵魂安息！

# 从不伪饰，总想有益于人

## 纪念彭兰大姐

有这样一种友谊：清澈透明，近乎平淡，有时你甚至不大觉得它的存在，然而，一旦失去，它的宝贵，它的温馨就会陡然涌上心来……

彭兰大姐属于那种正直、真诚、善良，有时善良得令人心碎的共产党员。她从不趋时，不说假话，更不会趋炎附势。

“文化革命”初期，她觉得共产党员应该做一点什么，便和别的同志一起组织了一个“劲松”战斗队。这个战斗队很快就无声无息了。有人嘲笑她：“彭兰，你的‘劲松战斗队’原来是‘劲松’战斗队呵！”她直言不讳：“我弄不清，想不通，劲头还是松一松为好。”1969年，我们去鲤鱼洲走“五七”道路，她血压高，身体不好，如果坚决要求，也许可以留下，但她认为应该到“思想改造第一线”去，于是来到鄱阳湖边。当时大家对知识分子的前途都深感茫然，却没有人愿意谈论，或者说不敢谈论。而彭兰同志却作了一首诗：“二十余年转眼过，事业文章两蹉

彭兰教授

跎……”一直渗透到人们内心深处。这首诗虽说挨了批判，却不仅成了鲤鱼洲上脍炙人口的名篇，而且直到今天还有好多人能够背诵，并借之抒发自己的感慨。

彭兰做学问的特点一方面是浸润着深挚的感情，一方面又坚持严格冷静的考证，这也许正是她所崇仰的老师闻一多先生的真传罢。50年代初期，作为青年教师，我听过一学期她的《诗经》课，讲授时，她全部身心都浸沉在诗歌的意境中，常会激动得热泪盈眶。她的学术专著，关于唐代边塞诗人高适的考据和分析又是那样客观、实证，提供了大量材料，至今仍是研究这一段文学史的必读参考。

我十分羡慕她写旧体诗的本领。在北大中文系，她是公认的女诗人。

她的一家人都会写旧体诗，还互相唱和。我说："彭兰，教我作旧诗吧！"她一口答应，还说我们要成立一个小小的诗社，就在中关园，爱学的人都可以来。然而，由于我的忙碌，我的惰性，我的总以为明天会空闲一点……我永远失去了跟彭兰大姐学作诗的机会。

彭兰大姐，一代才女，一个真正了解中国诗歌意境和音律之美而且用整个心灵去感受它的女诗人，就这样不声不响地永远离开了人世！她平凡、真挚，从不伪饰，总想对别人有益，她就这样度过了自己坦然无瑕的一生，悄然逝去。

愿她安息！

**《戏题一介为黛云染发》**

画眉张敞京兆笔，
白发乌云学士功。
细数银丝情意重，
闺房乐事喜无穷。

# 同行在未名湖畔的两只小鸟（代跋）

汤一介

在北京大学燕园，人们常常看到，黄昏时分，有两位老人绕着未名湖漫步同行。他们绕着这个“有名”的湖不知有多少圈了，还会再绕着

1952年与汤一介结婚照片

乐黛云与汤一介，1966年12月31日。

同行，也许十年，也许更长的时间。

时间已经过去了五十多年，他们绕着这个湖一圈又一圈，从青年到中年，又从中年到老年。这湖，这湖边的花树，湖边的石头，湖边的靠背椅，湖边树丛中的鸟，一一都引起他们的回忆：他们在湖上无忧无虑地溜着冰；他们刚会走路的小女儿跟着年轻的父亲走在小径上，留下一张照着他们背影的照片；他们看着儿子在冰球场上横冲直撞；他们推着坐在轮椅上的年老的汤用彤先生绕湖观赏春天的美景；他们也常倾听着由湖边音响中播放的中外古典音乐，悠然神往；春天，他们找寻湖边的二月兰；秋天他们欣赏湖岸不知名的黄花。他们绕湖同行，常常也会触景生情：湖的这边，曾有他们的学生跳水自尽；湖的那边，埋葬着他们所钟爱的一个学生的骨灰；湖边的小桥是他们两人中的一个被隔离审查

乐黛云与汤一介先生在朗润园家中书房，2002年。

时离别的分手处；湖畔的水塔边，他们曾看到两位老教授背着大黑铁锅，游街示众，脖子上划出深深的血痕……

绕湖同行，是不尽的回忆，也是当下的生活。他们边散步，边辩论应如何解释“有物混成”，探讨多种文明共存是否可能；他们议论理查·罗蒂在上海的演讲；也回忆与杜维明和安乐哲在湖滨的漫谈；他们还常共同吟味《桃花扇》中“哀江南”一诗所写的“眼见他起朱楼，眼见他宴宾客，眼见他的楼塌了！”他们多次设计着如何改变当前忙乱的生活，但生活依然忙乱如旧；他们常说应去密云观赏红叶，但红叶早已凋零，他们仍未成行。他们今天刚把《同行在未名湖畔的两只小鸟》编好；又计划着为青年们写一本新书，汇集自己人生经验的肺腑之言。他们中的一个正在为顺利开展的《儒藏》编纂工作不必要地忧心忡忡；另一个却

同行在未名湖畔的两只小鸟，2007年。

对屡经催逼，仍不能按期交出的《比较文学一百年》书稿而“处之泰然”。这出自他们不同的性格，但他们就是这样同行了半个世纪，这是他们的过去，他们的现在，也是他们的未来。

未名湖畔的两只小鸟，是普普通通、飞不高、也飞不远的一对。他们喜欢自由，却常常身陷牢笼；他们向往逍遥，却总有俗事缠身！现在，小鸟已变成老鸟，但他们依旧在绕湖同行。他们不过是两只小鸟，始终同行在未名湖畔。

未名湖畔的两只小鸟，是普普通通、飞不高、也飞不远的一对。他们喜欢自由，却常常身陷牢笼；他们向往逍遥，却总有俗事缠身！现在，小鸟已变成老鸟，但他们依旧在绕湖同行。他们不过是两只小鸟，始终同行在未名湖畔。